Salzstein-Mord

Petra Klare

Regionalkrimi
Aus Bad Salzdetfurth

Autorin

Ich bin in Hannover geboren und lebe seit dreizehn Jahren in einem Ortsteil der Kurstadt Bad Salzdetfurth. Am liebsten erkunde ich mit meinen Hunden die Wanderwege. Wald und Wiesen geben mir die Inspiration für neue Geschichten.

Liebe Leserinnen und Leser,
Salzstein-Mord ist der erste Krimi, den ich entworfen habe. Mein Ziel war es, humorvoll, spannend und mit viel Gefühl zu schreiben, denn Glück und Unglück liegt sehr nah beieinander.
Ich hoffe, dass ich Sie in meinem Buch auf eine Reise in den schönen Kurort, Bad Salzdetfurth, mitnehmen kann und wünsche Ihnen viel Spaß beim Lesen.
Petra Klare

Die Ortsteile von Bad Salzdetfurth und einige Personen gibt es wirklich (sie haben mir die Erlaubnis gegeben, sie namentlich zu erwähnen).

Danke an …
Restaurant Akropolis
Restaurant Casa Nova
Hotel Kronprinz
Eis-Café Dolce Vita

Cover und Layout von Uwe Kahle

IMPRESSUM
Bibliografische Information der Deutschen Nationalbibliothek: Die Deutsche Nationalbibliothek verzeichnet diese Publikation in der Deutschen Nationalbibliografie: detaillierte bibliografische Daten sind im Internet über dnb..dnb.de abrufbar.

Auflage 1 - 2024
Verlag: BoD · Books on Demand GmbH,
In de Tarpen 42, 22848 Norderstedt
Druck: Libri Plureos GmbH, Friedensallee 273,
22763 Hamburg

ISBN: 978-3-7693-0196-0

Salzstein-Mord

Petra Klare

Regionalkrimi
Aus Bad Salzdetfurth

SALZSTEIN-MORD

Kapitel 1 – Ein folgenschwerer Fund

Magda, Freitag, 3. August 2018

Nervös trippelt Magda mit dem Fuß im Fußraum von rechts nach links. „Weniger Gas, scharfe Kurve, abbremsen, bremsen," murmelt sie kaum hörbar und schielt dabei zu John, wie der mit den Fingern im Takt zur Musik aufs Lenkrad klopft.
Magdas Spürnase riecht es förmlich, dass ihm etwas auf der Zunge brennt. Sie hält es aber für geschickter, ihn nicht jetzt darauf anzusprechen. Abwarten auf den richtigen Moment, ist ihre Devise. Was kommen soll, das kommt sowieso, früher oder später.
Sie dreht ihr Gesicht ganz nah an das herabgelassene Fenster, riecht den frischen Duft des abgemähten Grases vom Wegesrand und spürt den lauwarmen Wind, der leicht ihre Haut kitzelt.
John räuspert sich. „Magda, darf ich Sie um etwas bitten?"
‚Aha, so schnell hätte ich nicht damit nicht gerechnet', geht ihr durch den Kopf. „Natürlich, um was geht's denn?"

„Ich wäre Ihnen sehr dankbar, wenn Sie Angelina ins Gewissen reden könnten. Sie ist in letzter Zeit unpünktlich, launisch und lustlos. Dabei steht ihre Abschlussprüfung an."
Magda nickt. „Stimmt, die Prüfung. Ach, machen Sie sich keine Sorgen. Angelina hat nur Prüfungsangst. Das ist doch ganz normal. Mit ihrer Unterstützung, John, wird sie das schon schaffen", versucht sie ihn zu beschwichtigen.
„Ihr Wort in Gottes Ohr, Magda."
„Sie wissen aber schon, dass Angelina diesen Beruf nur Hella und Ihnen zuliebe erlernt … Ihr Traum ist es, einmal einen eigenen Hundefrisiersalon zu eröffnen. Sie liebt diese Tiere und mit ihnen zu arbeiten."
Johns Miene versteinert sich. Er hält es anscheinend nicht für hilfreich, mit ihr darüber weiter zu diskutieren. Stumm fährt er den roten Sportwagen auf den mit Efeu berankten Torbogen zu, von dem die breite Holztafel FURCHNERHOF pendelt.
Als er nach Passieren des Tores beschleunigt, hält Magda den Atem an und schaut in den Seitenspiegel. Eine riesige Staubwolke wirbelt hinter dem Wagen durch die Luft. „John, könnten Sie

vielleicht etwas langsamer fahren? Meine Katzen und die kleinen Eichhörnchen stöbern hier."
„Oh, ich bitte um Entschuldigung. Das wusste ich nicht."
‚Natürlich weiß er das', denkt Magda. „Schon gut. Mit meinem Cabrio fahre ich eher spazieren", antwortet sie stattdessen, in der Hoffnung John etwas zu besänftigen.
„Okay, den Rest des Weges fahre ich gesitteter, liebe Magda, versprochen."
John hält Wort und fährt mit Tempo Zwanzig den Kiesweg weiter, umrundet die mit Sommerblumen bepflanzte Blumeninsel und hält vor dem alten Bauernhaus. Mit Schwung steigt er aus, öffnet die Beifahrertür und reicht Magda seine Hand. Zaghaft lächelt sie ihn an. „Danke, fürs Nachhause bringen. Darf ich Sie vielleicht auf ein Gläschen Wein einladen?"
„Gern geschehen, ein anderes Mal komme ich gern auf Ihre Einladung zurück, aber heute habe ich schon eine Verabredung."
„Aha, dann wünsche ich Ihnen einen schönen Abend. Auf Wiedersehen, John. Und machen Sie sich nicht so viele Gedanken um Angelina."
„Auf Wiedersehen Magda, bis nächste Woche."

Sie schaut ihm hinterher, wie er davonbraust und schüttelt den Kopf. Wieder zieht das Auto eine graue Staubwolke hinter sich her.
Am Schiebetor der Tischlerei erblickt Magda Günther Zacharias, der gerade das Schloss seiner Werkstatt verschließt. „Hallo Günther!“, ruft sie ihm zu.
„Hallo Magda, haben Sie einen Verehrer? Schicker Sportwagen.“
Magda merkt, wie ihr die Röte ins Gesicht schießt. „Ja, nein, … das war mein Friseur, John Smith“, winkt sie ab. „Herr Smith hat mich nach Hause gebracht, weil mein Auto heute Vormittag nicht angesprungen ist und ich den Weg aus der Altstadt nicht zu Fuß gehen wollte.“
„Ach so, ich dachte schon, … übrigens, die neue Haarfarbe steht Ihnen gut.“
Sie fasst sich mit den Fingerspitzen ins Haar. „Das Ihnen das auffällt?“
Günther zwinkert. „Natürlich, sofort. Ich würde auch gerne noch mit Ihnen weiterplaudern, aber ich bin spät dran und muss mich sputen. Meine Tochter wartet. Sie verbringt das Wochenende mit ihrer neuen Hündin bei mir. Wir wollen gleich in der

Früh an dem Hundeführerkurs teilnehmen. Danke nochmal für die Vermittlung."
„Dann beeilen Sie sich lieber. Frauen sollte man nicht warten lassen", scherzt Magda.
„Ja genau, Tschüss!"

Magda geht die Steintreppe zum Eingang hinauf, steckt den Schlüssel ins Haustürschloss, dreht ihn knapp nach links und sofort springt die Tür auf. ‚Oh, habe ich mal wieder vergessen abzuschließen?', versucht sie sich zu erinnern und betritt den Korridor. Die beige Lederhandtasche stellt sie auf die rustikale Eichenkommode ab. Mauzend kommt ihre schwarze Katze mit der gefleckten, weißen Schwanzspitze auf sie zu geflitzt, springt auf die Kommode und schnüffelt neugierig an der Handtasche. „Hallo, kleines Katzenkind, hast du mich vermisst?"
Behutsam schiebt Magda die Katze zur Seite und kramt eine rosafarbene Salzkristall-Lampe heraus. „Wollen wir mal gucken, wie der Stein leuchtet? Sieht bestimmt schön aus, hier auf der Kommode. Was meinst du, Pinsel?"

Mühelos zwirbelt Magda das Kabel auseinander, steckt den Stecker in die Steckdose und knipst den Schalter an, während Pinsel begeistert mit dem wackelnden Kabel spielt. Die Lampe leuchtet nicht. Klick klack, klick klack, kein Licht. „Nanu, warum funktioniert das denn nicht?"
Nachdenklich zieht Magda die Schublade der Kommode auf, kramt einen Kreuzschraubenzieher heraus und beginnt die dunkle Holzplatte unter dem Salzstein abzuschrauben. ‚Das gibt´s doch gar nicht. Da ist überhaupt kein Leuchtmittel drin! So kann das blöde Ding ja nicht funktionieren.'
Magda schaut in das Innere des Salzsteins und entdeckt etwas Silbernes im Kern. Aufgebracht fummelt sie mit ihren schmalen Fingern einen Computer-Stick heraus, betrachtet ihn und kratzt sich verwirrt am Kopf. ‚Da muss etwas Geheimnisvolles drauf sein, sonst wäre das Ding ja nicht da drin versteckt.'
Schnell läuft Magda in die Stube, setzt sich in den ledernen Bürostuhl vor dem antiken Sekretär, klappt den Laptop auf und lässt ihn hochfahren. Mit zittriger Hand tippt sie das Passwort ein und steckt den USB-Stick in die schmale Öffnung. Erwartungsvoll zieht Magda sich die Brille auf die

Nasenspitze. ‚Nun los, Sesam öffne dich. Ich bin gespannt.'
Nacheinander öffnet Magda die Dateien und liest gebannt den Inhalt der Dokumente. Entsetzt spricht sie ihre Gedanken laut aus: „Ach du grüne Neune! Irgendwann werden mich meine Dummheit und Neugier nochmal in Teufels Küche bringen."

Magda bemerkt nicht, wie die Zeit verfliegt, bis das Schellen der Haustürglocke sie abrupt aus ihrer Beschäftigung reißt. Zerstreut blickt sie auf den Zeitanzeiger im Computer. ‚Neunzehn Uhr siebenundvierzig. Wer kann das um diese Uhrzeit sein?'
Es schellt erneut. Einmal, zweimal, dreimal. Vorahnungsvoll zieht Magda den Stick aus dem Schlitz, klappt den Laptop zu und schaut sich um. ‚Wohin mit dem Ding? Ah, das passt', überlegt sie und lässt den USB-Stick verschwinden.
Mürrisch geht Magda zur Haustür. „Hallo! Wer ist da?"
„Ich bin´s, mach auf!"

Mit ungutem Gefühl öffnet sie die Tür, nur einen Spalt breit.
„Hallo Magda, du hast etwas, was mir gehört."
Nervös zucken Magdas Augenlider.

...

Kapitel 2 – Wo ist Tinka?

Der Tag zuvor, Donnerstag, 2. August 2018

Magda spürt etwas Weiches an ihren Füßen kribbeln. Sie schreckt hoch und schlägt die Bettdecke weg. „Huch! Pinsel, hast du mich erschreckt! Wie spät ist es?“
Unbeeindruckt von Magdas Aufschrei schleicht sich die Katze unter der Decke hervor.
Blinzelnd tastet Magda nach der Brille auf dem Nachttisch, setzt sie sich auf die schmale Nase und guckt angestrengt auf die Ziffern des Weckers. „Herrjeh, ist ja schon nach sieben, raus aus den Federn!“
Geschwind schwingt Magda die Beine aus dem Bett, schlüpft in die Frotteepuschen und angelt nach dem rosafarbenen Morgenmantel, der über dem Stuhl liegt. Frohgelaunt geht sie zum Fenster, zieht die geblümten Vorhänge auf und öffnet die Balkontür. „Die Sonne scheint, die Sonne scheint, es ist so weit, ich bin bereit“, trillert sie.

Um nicht zu stürzen, tritt Magda die schmalen Stufen der alten Holztreppe seitwärts runter und hält sich dabei am Geländer fest. Pinsel flitzt an ihr vorbei und läuft in die Küche. Magda hört die Stubentiger mauzen. „Nun bleibt mal geduldig! Ich weiß ja, dass ihr Hunger habt, aber meine alten Knochen brauchen morgens nun mal etwas länger!" Sie strebt direkt auf die Kaffeemaschine zu und drückt den Knopf. Sofort beginnt die Maschine, mit lautem Getöse, an zu blubbern. „ALEXA, spiele bitte Radio NDR 1", befiehlt sie der Sprachassistentin, stolz auf ihre neue Anschaffung, die ihr dabei hilft, nicht so viele Dinge zu vergessen. „Radio NDR 1, Hellwach", antwortet die Stimme und sogleich ertönt Schlagermusik aus dem Lautsprecher.
Die gesäuberten Futternäpfe und Futterdosen stehen wie jeden Morgen auf dem Küchentresen parat. Magda greift nach dem Öffner am Wandboard und öffnet eine Dose. Der Duft von Hühnchen steigt ihr in die Nase. Sofort springt Satan, der Gefräßige, auf den Hocker. „Du wartest, bis du dran bist, Bursche!" Energisch befördert sie ihn auf den Fußboden. Oscar schleicht ihr um die Beine. Sein Fell ist verklebt. „Hey, Oscar, hast du

wieder im Kompost nach einer Maus gestöbert? Du siehst erbärmlich aus."
Im Gegensatz zu den anderen Katzen, wartet Pinsel geduldig auf ihren Futternapf. Magda verteilt vier Näpfe auf dem Küchenfußboden. „Wo habt ihr denn Tinka gelassen? Tinka! Frühstück!"
Magda geht durch die Wohnstube, öffnet die Terrassentür und tritt hinaus. ‚Hm, komisch, eigentlich ist Tinka die Erste, die zur Futterzeit durch die Katzenklappe in die Küche huscht.'
Prompt tauscht Magda die Frotteepuschen gegen ein Paar gelbe Gummistiefel, die neben der Tür stehen, und steigt die Steintreppe in den Garten hinunter. Ihre Augen suchen den ganzen Garten ab. „Tinka! Wo steckst du?!"
Sie läuft ums Haus herum und sieht, dass die Tischlerwerkstatt noch verschlossen ist, die Ladentür vom Obst- und Gemüsegeschäft jedoch weit offensteht. Frau Guerickes blauer Transporter parkt davor. Die mollige Frau lädt gerade Obstkisten aus und trägt sie in den Laden. „Guten Morgen Frau Guericke. Haben Sie meine Tinka gesehen? Sie ist nicht nach Hause gekommen."
Frau Guericke dreht sich zu Magda um. Mit grimmiger Miene schüttelt Frau Guericke ihre

brünette Haarpracht. „Meinen Sie das alte, graue Katzenvieh, das immer in meinem Laden umherschleicht und sich hinter den Kartoffelsäcken versteckt?“
„Ja doch!“, antwortet Magda.
„Ich glaube, ich habe sie im Graben an der Hofeinfahrt liegen sehen“, erwidert Frau Guericke.
„Was? Warum haben Sie, sie…! Mir fehlen die Worte“, schmettert Magda lauthals zurück.
Aufgebracht schnappt Magda sich das an der Hauswand lehnende Damenrad, hüpft umständlich mit dem langen Morgenmantel auf den Sattel und tritt kräftig in die Pedale. Angestrengt radelt sie den Schotterweg entlang. Die kleinen Kieselsteine, die lautstark um die Reifen prasseln, ignoriert sie und sogar das braune Eichhörnchen, das vor ihr über den Weg huscht, nimmt Magda vor Sorge um die alte Katze nur am Rande wahr.
Plötzlich löst sich der lange Gürtel ihres Morgenmantels und verfängt sich in den hinteren Speichen. Gerade noch rechtzeitig bremst Magda ab und hüpft mit beiden Füßen gleichzeitig auf den Boden.
„Mist Verdammter! Herr Gott Sacramento!“, flucht sie.

Während Magda wütend am Gürtel zerrt, hört sie ein blubberndes Motorengeräusch und schaut auf den Weg. Sofort erkennt sie den schwarzen Pickup von Günther Zacharias. „Günther! Günther! Haben Sie Tinka gesehen?“, ruft sie ihm entgegen.
Günther stoppt den schweren Wagen vor ihr und steigt aus. „Magda, was machen Sie hier auf dem Fahrrad, nur mit einem Morgenmantel bekleidet?“
Magda blickt ihm ins Gesicht. „Ich suche Tinka, ich kann sie nirgends finden. Außerdem, schauen Sie mal, mein Gürtel hat sich in den Speichen verheddert.“
Günther senkt den Kopf. „Es tut mir sehr leid, Magda. Ich habe Tinka an der Hofeinfahrt am Straßenrand gefunden und sie mitgenommen. Tinka liegt auf der Ladefläche.“
Traurig schaut Magda ihn an. „Ist Tinka …?“
Er nickt, bückt sich und fummelt den Gürtel aus den Fahrradspeichen. „Kommen Sie, ich bringe Sie zum Haus zurück. Steigen Sie ein.“
Tränen rollen Magda über die Wangen. „Meine arme, arme…“, schluchzt sie.
Behutsam legt Günther den Arm um Magdas Taille und hilft ihr die hohe Stufe hinauf, in den Pickup zu steigen. Fix sucht er im Türfach nach einem

Papiertaschentuch und reicht ihr eine Packung. „Bitte, ist ein bisschen zerknüllt, aber ich habe nur diese. Bleiben Sie sitzen, ich lade das Rad schnell auf."
„Ist schon gut", schnieft sie ins Taschentuch.
Mit verschleiertem Blick schaut Magda zu, wie sich Günther das Rad schnappt und am Auto vorbei zur Ladefläche geht. Sie hört es kurz rumpeln, gleich darauf seine festen Schritte und das Knarren der Autotür. Mit Schwung steigt Günther zu ihr in den Wagen und fährt los. Sie sprechen kein Wort. Vor der Tischlerei hält Günther an. Etwas unbeholfen klettert Magda aus dem Pickup, bleibt neben dem Wagen stehen und starrt auf Frau Guericke, die gerade die Eierpaletten von der Laderampe des Transporters hebt.
Ein breites Grinsen huscht Frau Guericke über die vollen Lippen. „Guten Morgen, Herr Zacharias. Wie ich sehe, haben Sie unterwegs Frau Furchner aufgegabelt."
„Ja, und ihre Katze!", antwortet Günther.
Sofort versteinern sich Frau Guerickes Gesichtszüge. „Und, was habe ich mit dem toten Vieh zu tun?"

„Woher wissen Sie, dass die Katze tot ist?“, kontert Günther.
„Ich, ich“, stottert sie.
Günther umrundet Frau Guerickes Transporter, begutachtet die Reifen und die Stoßstange. Er geht in die Hocke und bückt sich unters Fahrzeug. „Frau Guericke, wie ist das Blut da unten rangekommen?“
„Was für Blut? Ich weiß nicht, wovon Sie reden.“
Magda spürt heftige Wut in sich aufsteigen. Ihr Gesicht wird knallrot. Wie eine Furie stürmt sie auf Frau Guericke zu, fuchtelt wild mit den Händen in der Luft. „Sieeee! Sie gemeines Weibsbild!“
Ungehalten reißt Magda der Frau die Eierpaletten aus der Hand und schleudert sie auf den Boden. Mit dem rechten Fuß kickt Magda, wie einen Fußball, gegen die Paletten. Mehrere Dutzend Eier fliegen durch die Luft. Die Eierschalen knacken, sprengen zu allen Seiten weg. Flüssiges Ei verteilt sich auf der Erde, vermischt sich mit den kleinen grauen Kieselsteinen.
Erbost packt Frau Guericke Magda mit beiden Händen an den Armen und schubst sie gegen die offenstehende Ladeklappentür. Magda gerät ins Straucheln, fällt rücklinks in die Ladefläche hinein.

„So, jetzt reicht`s mir aber! Sie haben wohl nicht mehr alle Tassen im Schrank!“, erhebt Günther seine Stimme und hält Frau Guericke gerade noch rechtzeitig fest, bevor sie zu einem weiteren Angriff ausholen kann.
Er zieht Frau Guericke zur Seite weg. „Sie sollten sich schämen, eine alte Frau anzugreifen!“
„Die, … die hat meine Eier zerstört!“, stammelt Frau Guericke.
„Kann man es ihr verdenken?“
Beschämt senkt Frau Guericke den Blick zu Boden.
Günther reicht Magda seine Hand. „Magda, haben Sie sich verletzt?“
Dankbar hält sie seine Hand fest. „Nein, ich bin, glaube ich, okay. Danke für Ihre Hilfe.“
Im gleichen Moment starren Magdas Augen böse Frau Guericke an. „Frau Guericke, Sie können sich ein neues Geschäft suchen. Ich kündige Ihnen den Pachtvertrag. Mein Anwalt wird Ihnen die Kündigung zukommen lassen.“
„Frau Furchner, dass, … das können Sie doch nicht machen! Sie ruinieren meine Existenz!“
Ohne ihr zu antworten, lässt Magda sich von Günther zur Terrasse begleiten.

„Magda, soll ich die Katze im Garten begraben?“, fragt Günther.
Sie zeigt auf den Baum am Ende des Gartens. „Das wäre nett. Bitte, dort hinten an der hohen Trauerweide.“

Der Abend ist nach einem heftigen Gewitterschauer kühl geworden. Magda sitzt, mit einer warmen Strickjacke bekleidet, in ihrer geliebten Hollywood-schaukel. Nachdenklich schaut sie zur Trauerweide, unter der Tinka nun begraben liegt. Das von Günther gezimmerte Holzkreuz mit der dazugestellten roten Grabkerze erinnert sie an die vielen Jahre mit ihr.
Pinsel liegt eingekuschelt neben Magda und schnurrt. Magda mag die Ruhe, das Beobachten der Vögel, die auf dem mit Wasser getränkten Rasen hin und her hüpfen, und deren Gezwitscher. Es gibt ihr ein Gefühl des Friedens.
Das Klingeln des Telefons lässt Magda aufschrecken. Verärgert springt Pinsel von der Schaukel und flitzt auf die Vögel zu, die sofort das Weite suchen. Magda nimmt das Handy vom Beistelltischchen und drückt auf

Gesprächsannahme. „Furchner", meldet sie sich leise.
„Hallo Oma Magda, ich schaffe es leider nicht mehr vorbeizukommen. Onkel John will mit mir nach Feierabend für die praktische Prüfung üben. Er spielt den strengen Prüfer, du weißt schon…"
„Ja, ja, ist schon in Ordnung. Aber leider muss ich dir etwas Trauriges erzählen."
Magda sieht Angelina bildlich vor sich, wie sie automatisch ihre kupferroten Haarlocken um den Finger kringelt.
„Traurige Nachrichten mag ich nicht", antwortet Angelina.
„Ich weiß, aber ich muss es dir sagen, … Frau Guericke hat heute Morgen Tinka überfahren."
„Sie hat was?! Das hat die Alte mit Absicht gemacht, diese Tierhasserin!"
„Herr Zacharias hat Tinka gefunden."
„Scheiße, … die Guericke würde ich am liebsten in einen dreckigen Kartoffelsack stecken, mit einem Knüppel draufschlagen und drin verrecken lassen!", flucht Angelina.
Magda spürt förmlich Angelinas Zorn. „Angel, beruhig dich. Ich habe Frau Guericke das Geschäft

gekündigt und deinen Vater angerufen. Er setzt ein Kündigungsscheiben auf."
„Das geschieht ihr Recht, diesem Miststück!"
„Die Kündigungsfrist muss allerdings eingehalten werden, kann etwas dauern. … Ich bitte dich, Frau Guericke aus dem Weg zu gehen, wenn du zu mir auf den Hof kommst. Lass dich mit ihr auf kein Gespräch ein", mahnt Magda.
„Hast du Angst, dass ich sie wirklich in den Kartoffelsack stecke?", fragt Angelina.
„Ja, genau."
„Na gut Oma, aber nur dir zuliebe. … Trotzdem scheiße."
„Die kleine Seele von Tinka ist jetzt bei deiner Mama."
„Hm, Mama passt auf sie auf?"
„Ganz bestimmt, Angel."
Einen Moment herrscht Schweigen.
„Oma Magda, bleibt es bei morgen Nachmittag bei deinem Friseurtermin um sechzehn Uhr?", fragt Angelina nach.
„Natürlich, ich freue mich schon die ganze Woche drauf", antwortet Magda.
„Du, ich muss weiterarbeiten, Onkel John wird ungeduldig."

„Tschüss Angel."
„Tschau, bis morgen. Ich habe dich lieb, Oma."
Bevor Magda, ich dich auch, antworten kann, knackt die Leitung.

„Hallo Magda, sind Sie da?!"
Magda erkennt Günthers Stimme. „Ja, ich bin hier, kommen Sie ruhig her."
Günther bleibt vor ihr stehen.
Möchten Sie ein Glas Kirschsaft trinken? Ist auch selbstgemacht", bietet sie ihm an.
„Nein, danke. Ich wollte nur mal nach Ihnen sehen. Wenn Sie nachher Lust auf ein Spielchen haben, um sich abzulenken, klopfen Sie einfach an die Tür."
„Das ist nett gemeint, Günther, aber ich glaube, heute lieber nicht. Morgen vielleicht."
Günther zwinkert. „Okay, falls Sie es sich anders überlegen, meine geheime Tür steht immer für Sie offen."
Lächelnd winkt er ihr zu.
Zum ersten Mal lächelt sie heute und winkt zurück.
...

Kapitel 3 – Beste Freundinnen

Angelina, Freitag, 3. August 2018

Mit einem Strauß roter Rosen in der Hand spaziert Angelina auf das hohe schmiedeeiserne Tor zum Bad Salzdetfurther Friedhof zu. Unbarmherzig knallt die Mittagssonne. Sie blickt auf die Knospen, die mittlerweile ihre Köpfchen hängen lassen.

Aus dem benachbarten Freibad, auf der anderen Seite des kleinen Flusses „Lamme“, hört sie das fröhliche Kreischen der Kinder, die sich im Schwimmbecken vergnügen. Sie schaut hinüber und sieht, wie die Kinder frohgelaunt von der Rutsche ins kühle Nass rutschen. „Da würde ich jetzt gerne mitmachen. Ich vermisse meine Schulferien“, seufzt sie.

Angelina läuft weiter zur Friedhofskapelle, an der seitlich die grünen Gießkannen in Reih und Glied stehen. Sie schnappt sich eine Kanne und dreht den verrosteten Wasserhahn auf. Lauwarmes, muffig riechendes Wasser spritzt hinein. Angewidert zieht sie die Nase kraus. „Bäh, wie das stinkt.“

Sie geht mit der gefüllten Kanne zum Grab ihrer Mutter und stellt sie ab. Zwischen zwei Lebensbäumchen funkelt der schwarz-blaue Marmorstein. Angelina greift in die Hosentasche ihrer Cargo-Hose, holt eine kleine weiße Engelsfigur heraus und setzt sie auf den Stein. Ein zarter Windhauch streift Angelinas Haut. Prompt sieht sie die Erscheinung ihrer Mutter. Das kupferrot gelockte Haar, die strahlend blauen Augen und ihre lustigen Grübchen an den Wangen. Sie trägt das weiße, lange Trägerkleid, um ihren schmalen Hals die silberne Kette mit einem Edelweiß, die sie so sehr mochte.
„Hallo Mama, schau, ich habe dir frische Rosen mitgebracht."
„Guten Tag, mein Kind. Oh, danke", hört sie die vertraute Stimme.
Angelina nimmt die vertrockneten Blumen aus der Vase und füllt das übelriechende Wasser hinein. Ihre Augen füllen sich mit Tränen.
„Angel, bitte nicht weinen, ich bin doch in Gedanken immer bei dir", fleht ihre Mutter.
„Mama, ich weiß, aber ich vermisse dich so sehr."
„Ich dich auch, Angel. Aber sag, hast du Magdas Kuchenrezept ausprobiert?"

Mit dem Handrücken wischt Angelina sich übers Gesicht. „Ja, mein erster Mandarinen-Käse-Kuchen. Hoffentlich schmeckt er auch, Onkel John wartet nur darauf ihn wegzuputzen."
„Das kann ich mir denken. Er ist nach wie vor eine Naschkatze."
Um Angelinas Mundwinkel zaubert sich ein Grinsen. „Ach Mama, wie stellst du das nur an, mich immer wieder vom Heulen zum Lachen zu bringen?"
„Das ist mein Geheimnis, mein Kind."
Sorgfältig steckt Angelina die Rosen einzeln in die Vase, rupft die trockenen Blätter von der Efeuumrandung und den Geranien ab. „So, jetzt sieht`s wieder schön aus. Nur noch gießen."
„Dankeschön mein Kind, ich habe hier den hübschesten Garten von allen."
„Mama, Oma Magda kommt nachher in den Laden. Ich darf ihr eine andere Haarfarbe verpassen und eine neue Frisur schneiden. Sie ist mein Versuchsmodell für die praktische Prüfung."
„Oha, da hast du dir mit Magda was eingebrockt. Biete ihr dafür, dass sie die Augen zumacht und nicht nörgelt, ein Stück von dem Kuchen an."

„Geniale Idee. Probiere ich aus. … Trotzdem, Bammel vor der Prüfung habe ich schon. Was ist, wenn meine Hände zittern und ich die Haarschere fallen lasse? Oder noch schlimmer, wenn ich die Haare mit der Farbe versaue.“
„Angel, hör auf! … Du schaffst das. Da bin ich mir sicher. Du hast ja noch etwas Zeit zum Üben. Glaube an dich!“
Angelina faltet den Mittelfinger über den Zeigefinger, zum Indianerehrenwort. „Mach ich, versprochen.“
Die Kirchturmuhr der St. Georg Kirche läutet. Angelina schrickt auf. „Oh, ich muss los. Es ist schon zwei, meine Mittagspause ist vorbei.“
Ihre Mutter formt die Lippen zu einem Kuss und lässt ihn mit flacher Hand zu ihr hinüberfliegen. „Dann beeile dich, … du weißt, John hasst Unpünktlichkeit.“
Erneut spürt Angelina einen Windhauch auf der Haut. „Tschüss Mama, ich habe dich lieb.“
Sie steckt den weißen Engel zurück in die Hosentasche und begibt sich auf den Rückweg.

Die riesigen, am Ufer rankenden Buchenbäume rahmen die schmale Lamme-Brücke ein. Angelina beugt sich über das silberne Geländer und schaut in den kleinen Fluss hinunter. Ein paar Fische tummeln sich unter der Wasseroberfläche. Sie hört das Wasser vor sich hinplätschern und sucht mit den Augen das Ufer nach den drei Enten ab, die ab und zu in der Altstadt umherwatscheln. Sie liegen am Flussufer, die Köpfchen im Gefieder versteckt. Geradeaus läuft Angelina an den Stadtvillen, am Rathaus und den Stadtwerken vorbei. Bei der rot lackierten Bücherzelle, die an eine Telefonzelle der achtziger Jahre erinnert, sieht sie Viktor und winkt ihm zu. „Hallo Vik, hast du dir ein Buch ausgesucht?"
„Hallo Angelina, ja, Nichts ist okay von Kiely... Hast du heute Abend Zeit mit mir Englischvokabeln zu pauken?"
„Nein, tut mir leid. Ich bin mit Bianca verabredet."
„Kann ich mitkommen? Meine Mama muss arbeiten und ich bin ganz allein zu Hause."
„Weiß nicht, melde mich nachher bei dir, okay?"
„Aber nicht vergessen!"
„Nein, nein, bis nachher. Tschüss."
„Tschüss Angelina."

‚Ich bin doch nicht sein Kindermädchen', denkt Angelina und öffnet die Eingangstür zum Frisiersalon. Zur Begrüßung erklingt das helle Glockenspiel.
Flink huscht sie an dem rotweiß gestreiften Strandkörbchen, das rechts neben dem Eingang als gemütlicher Wartebereich dient, vorbei. John blickt von seiner Kundin auf. „Frau Cicek wartet auf dich", sagt er.
Johns Tonlage verrät ihr, dass er sauer wegen ihres Zuspätkommens ist. Schnell greift sich Angelina die hellblaue Kurzarmbluse mit ihrem Namensschild vom Garderobenhaken, zieht sie im Gehen über ihr kurzes Top und stolziert schnurstracks auf Frau Cicek zu. Die sitzt bereits im Frisierstuhl an der mit hellroten Lamellen abgeschirmten Fensterfront. Angelina setzt ihr freundlichstes Lächeln auf. „Guten Tag, Frau Cicek. Tut mir leid, dass Sie auf mich warten mussten. Ich…"
„Schon gut, Angelina. Ich bin nur kurz vor Ihnen eingetroffen", winkt Frau Cicek ab.
„Was kann ich für Sie tun, Frau Cicek?"
„Bitte waschen, föhnen und eine Hochsteckfrisur. Kriegen Sie das hin?"

„Selbstverständlich, mit den superlangen Haaren, kein Problem“, antwortet Angelina selbstbewusst und reicht ihrer Kundin ein Fotobuch mit Hochsteckfrisuren für festliche Anlässe.
Verzückt zeigt Frau Cicek auf eine Frisur mit eingesteckten Perlen. „Die passt perfekt zu meinem neuen Kleid. Ich fahre nämlich heute Abend mit meinem Mann ins Opernhaus nach Hannover.“
„Was sehen Sie sich denn an?“
„Das Märchen vom Märchen im Märchen. Ein deutsch-türkisches Musiktheater. Es stammt aus der Feder von Chefdramaturg Klaus Angermann und enthält traditionelle türkische Musik.“
„Wow, dann will ich mein Bestes geben, damit Ihr Mann mit Ihnen angeben kann.“
Frau Cicek lacht. „Das tut er sowieso.“
Konzentriert beginnt Angelina mit der Arbeit. Rücken an Rücken mit Kollegin Katrin, die ihr aufmunternd durch den Spiegel zublinzelt, denn Katrin weiß, dass Johns Adleraugen Angelina genau beobachten.
Nach anderthalb Stunden sitzt Frau Ciceks Frisur. Angelina atmet zufrieden auf, holt einen weiteren Spiegel aus dem Frisierwagen und hält ihn mit etwas Abstand an Frau Ciceks Hinterkopf hoch. Ihre

Kundin betrachtet sich. „Naja, ist nicht ganz so, wie auf dem Foto und wie ich es mir vorgestellt habe, aber, … es gefällt mir außerordentlich gut.“
Etwas verlegen nimmt Angelina Frau Cicek den Frisierumhang ab und begleitet sie in den Eingangsbereich zum Tresen. „Herr Smith übernimmt das Kassieren. Viel Spaß bei der Aufführung heute Abend“, verabschiedet sie sich höflich.
„Danke, Angelina. Ich stecke Ihnen das Trinkgeld ins Sparschweinchen. Auf Wiedersehen, bis zum nächsten Mal.“
Frau Cicek und Oma Magda geben sich die Klinke in die Hand. „Hallo allerseits“, grüßt Magda fröhlich. Angelina geht überschwänglich auf sie zu und gibt ihr einen Kuss auf die Wange. „Hallo Oma Magda.“
Magda setzt sich in den Frisierstuhl, in dem zuvor Frau Cicek saß. „Ich muss erstmal verschnaufen, bin ganz schön aus der Puste.“
„Warum? Bist du einen Marathon gelaufen?“
„Fast, … ich habe meine alte Freundin Constanze in der Salze Klinik besucht und bin von dort aus zu Fuß hierhergekommen“, erklärt Magda.

„Oh Mann, bei der Hitze? … Ich hole dir ein Glas Wasser."
Magda leert das Glas in einem Zug. Besorgt schaut Angelina auf Magdas zitternden Hände und nimmt sie zärtlich in ihre. „Warum bist du nicht mit deinem Auto gefahren?"
„Der Wagen ist nicht angesprungen, weiß Gott warum."
„Ich frage nachher Bianca, ob sie Morgen Zeit hat, dein Auto zu reparieren", erwidert Angelina.
„Du meinst deine Freundin, die Automechanikerin? Die arbeitet doch bei Firma Cicek."
„Ja, genau die, Kraftfahrzeugmechatronikerin, nennt sich das", verbessert Angelina.
„Du bist ein Schatz, Angel."
„Weiß ich, Oma."
Angelina lächelt Magda im Spiegel zu. „Du, ich habe für dich eine ganz tolle Haarfarbe angemischt. Onkel John meint, du siehst dann zehn Jahre jünger aus."
„So, so, hat er das ernst gemeint?"
„Klar! Mach einfach die Augen zu und genieße das rundum Sorglos-Programm."
Sorgfältig kämmt Angelina Magdas Haare und versucht vom Thema Haarfarbe abzulenken.

„Erzähl mal von deiner Freundin Constanze. Wie lange habt ihr euch nicht gesehen?“
„Oh, fast zwei Jahre. Irgendetwas kam immer dazwischen, weil Constanze in der Arbeit stets eingespannt war. Sie ist halt als Chefsekretärin in der Baufirma von meinem alten Freund Otto unentbehrlich“, plaudert Magda.
„Aber jetzt muss sie trotzdem ersetzt werden, weil sie krank ist. Heutzutage ist doch jeder ersetzbar“, erklärt Angelina.
„Stell dir nur vor, sie wurde von einem Auto angefahren, unmittelbar vor ihrem Haus! Und der Fahrer beging Fahrerflucht!“
John unterbricht die beiden und bringt die angemischte Haarfarbe. „Angelina, lass bitte die Farbe am Haaransatz fünf Minuten länger einziehen.“
„Was ist denn mit John los, der ist ja so kurz angebunden?“, fragt Magda.
„Ach der ist sauer, weil ich zu spät von der Mittags-pause gekommen bin. Du weißt doch, Pünktlichkeit hat für ihn oberste Priorität … Achtung! Jetzt kommt die Farbe auf die Haare, Augen zu!“
Magda schließt die Augen und erzählt weiter: „Ein Nachbar, der den Unfall sah, rief den

Krankenwagen. Constanze ist Gott sei Dank noch einmal glimpflich davongekommen. Ihre Hüfte war gebrochen und musste operiert werden. Sie hätte tot sein können!"
„Und, wie geht's ihr in der Reha?", hakt Angelina nach.
„Och, ganz gut. Sie geht noch mit Gehstöcken, aber das wird wieder."
„Ich hoffe, die Polizei hat den Fahrer erwischt."
„Leider nein, der Nachbar konnte sich das Kennzeichen nicht merken, nur die Automarke."
Stillsitzen und Nichtstun ist nicht Magdas Sache. Sie wühlt nervös in der Handtasche und zum Vorschein kommt eine Salzkristall-Lampe. „Hübsch, wie der glänzt. Woher hast du den Salzstein?", fragt Angelina neugierig.
„Von Constanze, möchtest du auch eine Lutschpastille?", lenkt Magda vom Thema ab.
„Nö, so, die Farbe muss einziehen. Soll ich dir eine Tasse Kaffee bringen?"
„Ja gerne und den Kuchen, den du mir versprochen hast."
Angelina bringt Magda ein Stück vom selbstgebackenen Kuchen und wartet, bis sie den

letzten Bissen gegessen hat. Gespannt schaut sie Magda an. „Na, wie schmeckt er?“

„Der Tortenboden ist leider zu trocken, aber die Käsecreme ist spitze“, antwortet Magda ehrlich.

„Hm, ich habe leider den Tortenboden im Ofen vergessen“, entschuldigt sich Angelina. „Aber jetzt darf ich die Zeit nicht verpeilen und muss pünktlich die Haarfarbe auswaschen.“

„Gut Liebes, ich hoffe, ich sehe nicht aus wie Puttchen Brömmel aus der Unterstraße“, scherzt Magda.

Angelina lacht. „Wirst du erst sehen, wenn ich fertig bin.“

„Hast du am Wochenende etwas geplant, Angel?“

„Nö, eigentlich nicht, wieso?“

„Morgen besucht mich Frank, ich muss mit ihm dringend etwas klären und am Sonntagnachmittag will ich nach Bad Gandersheim zu Herbert auf den Gutshof fahren, den Umbau des Katzenhauses besprechen. Möchtest du mich begleiten?“

„Na klar, ich bin dabei! Darf ich dann dein Cabrio fahren?“

„Wenn Bianca mein Schmuckstück reparieren kann und du mir versprichst, nicht zu rasen.“

„Ich fahre immer anständig, Oma!“

Ausgiebig wäscht Angelina Magdas Haare. Nach dem frottieren legt sie ihr das Handtuch um die Schultern und kämmt vorsichtig Strähne für Strähne. Angelina ist so konzentriert, dass sie gar nicht bemerkt, dass John auf einmal neben ihr steht. „Angelina, es ist halb sechs, du musst dich beeilen. In der Prüfung kannst du auch nicht trödeln“, ermahnt er sie.
Erschrocken zuckt Angelina zusammen. „Mann, hast du mich erschreckt! Ja, ja, mach ich.“
Als John ihr den Rücken zudreht, schneidet Angelina eine Grimasse und wühlt im Frisierwagen nach einer bestimmten Haarbürste. „Ah, da ist sie ja. Schau Oma Magda, das ist die neue Haarbürste, von der ich dir erzählt habe. Ich kann das Teil hier am Bürstenkopf abziehen und darin etwas verstecken. Habe ich im Internet bestellt. Total cool. Damit föhne ich dir jetzt die Haare.“
„Das ist ja klasse. Kannst du mir auch so eine Bürste bestellen?“
„Ich schenke sie dir.“
Magdas Augen strahlen. Mit der Hand fährt sie sich durch die Haare. „Die kastanienrote Haarfarbe und der neue Haarschnitt stehen mir wirklich gut! Das hast du wirklich toll gemacht, Angel.“

„Zehn Jahre jünger sehen Sie aus, mindestens, liebe Magda!“, mischt John sich ein.
Angelina bückt sich zu Magdas Kopf runter und flüstert ihr ins Ohr: „Jetzt weißt du, was ich meine, der hat seine Augen und Ohren überall. Und er schleicht sich an, wie ein Puma.“
Magda tätschelt Angelinas Wange. „Nimm es dir nicht so zu Herzen. John will nur dein Bestes, meine Kleine.“
„Ha, ha, glaubst du das wirklich?“
Magda nickt und hüpft aus dem Frisierstuhl.
Glücklich küsst Magda Angelina auf die Wange. „Danke, Liebes. Ich fühle mich wunderbar. Also, bis Sonntag, vierzehn Uhr?“
„Okay, zwei Uhr passt. Ich freue mich. Bis Sonntag, Oma“, verabschiedet sich Angelina.

Angelina holt den Putzwagen aus der Besenkammer und beginnt mit den Aufräumarbeiten. Dabei beobachtet sie, wie Onkel John, Oma Magda einhakt und zum Ausgang begleitet. Bevor die Tür ins Schloss fällt, ruft er ihr zu: „Ich bringe deine Oma nach Hause. Wir sehen uns morgen früh.“

Sie antwortet nicht. Stattdessen dreht sie das Radio voll auf und singt lautstark zur Musik: „You can't look me in the eye. You can't even. Act like you believe your own story."
Angelinas Blick fällt auf den Tresen. „Mist, Oma hat ihr Portemonnaie liegen lassen."
Sie zieht das Handy aus der Hosentasche und drückt auf Magdas gespeicherte Nummer. Eine freundliche Stimme spricht: „Der Teilnehmer ist vorrübergehend nicht zu erreichen."
„Oh Mann, Oma Magda, für dich müsste es eine ALEXA extra für die Handtasche geben."

„Bella Ciao, Bella Ciao, Bella Ciao, Ciao", summt Angelina vor sich hin, als sie durch die Altstadt schlendert. Der Ohrwurm geht ihr einfach nicht mehr aus dem Kopf. Beim Vorbeigehen am Restaurant AKROPOLIS grüßt Angelina Gideon, der mit einem Tablett voller Getränke aus seinem Lokal spaziert, um die Gäste auf der Terrasse zu bedienen. „Hey Angelina", grüßt er freundlich zurück.
Angelina läuft weiter bis zur Eisdiele und schaut direkt auf das Hotel ZUM KRONPRINZEN, vor

dem die Soltmann Skulptur steht. Ein kleiner Junge sitzt auf der Skulptur und schleckt genüsslich ein Eis. Das Eis tropft unbarmherzig an der Waffel runter und kleckst auf seine Knie. Verlegen schaut der Junge auf die befleckte Hose. Angelina muss grinsen, weil der Junge sie an ihren Bruder erinnert, mit dem sie als Kind auch auf der Skulptur saß und Eis schleckte.
Angelina überquert die Lamme-Brücke und geht auf das Fachwerkhaus zu, indem Bianca wohnt. Bianca wartet bereits am Küchenfenster und gibt ihr Handzeichen, durch den Hintereingang im Hof hereinzukommen. „Hey Bibi, hast du schon auf mich gewartet? … Wow, hast du dich für mich so aufgemöbelt?“, fragt Angelina erstaunt.
Stolz führt Bianca ihr das geblümte Sommerkleid mit tiefem Ausschnitt vor. Das hellblonde, schulterlange Haar hat sie zu einem Zopf gebunden und die blauen Augen in dem rundlichen Gesicht strahlen um die Wette. „Gefällt dir das Kleid? Habe ich neu.“
„Ja, sieht cool aus … Hier, ich habe ein Geschenk für dich“, antwortet Angelina und überreicht ihrer Freundin eine Tüte.

„Für mich? Danke, was ist es denn?“, fragt Bianca überrascht.
„Frag nicht, mach auf.“
Neugierig greift Bianca nach dem Inhalt in der Tüte und staunt. „Uiii, das sind ja Gardinen! Sind die toll. Danke! Danke!“
„Die hat Oma Magda für dich genäht“, klärt Angelina auf.
„Die Gardinen hängen wir nach dem Essen gleich auf, einverstanden? Ich habe für uns Kartoffelsalat und Bockwürstchen vorbereitet“, sagt Bianca, „kannst du bitte schon mal die Schüssel draußen auf den Tisch stellen und den Sonnenschirm aufspannen.“
Angelina schnappt sich die Schüssel, riecht einmal mit der Nase dran. „Hm, lecker, mit Creme Fraiche. So mag ich den Salat am liebsten. Ich habe Bärenhunger.“
Sie geht zur Terrasse hinaus, stellt die Schüssel ab und klappt den großen, grünen Sonnenschirm auf. Wohlig setzt Angelina sich in einen der weißen Gartenstühle. Bianca erscheint mit einem Teller in der rechten Hand, auf dem die Bockwürstchen gestapelt sind. In der Linken trägt sie drei Teller und Besteck. Eine Flasche Sekt und eine Dose Bier hat

Bianca unter den Arm geklemmt. „Für wen ist denn das dritte Gedeck und das Bier? Kommt deine Mama zu Besuch?“, fragt Angelina.
Bianca druckst rum. „Nö, die hat Spätschicht. … Ich wollte es dir vorher nicht sagen, sonst wärst du nicht gekommen.“
Angelina nimmt Bianca die Sektflasche ab und guckt ihre Freundin prüfend an. „Raus mit der Sprache!“
Bianca schluckt. „Selim Cicek.“
„Och nö, ist nicht dein Ernst!“
„Doch, Selim und ich, … wir …“
Unverständlich schüttelt Angelina den Kopf, so sehr, dass sich die silberne Haarspange aus den widerspenstigen Locken löst. „Du bist verknallt! Ausgerechnet in den Hulk! Er ist der Sohn deines Chefs!“
Bis zum hinteren Teil des Hauses hört man ein Auto mit lautem, schepperndem Auspuff auf den Parkplatz fahren. Der Motor geht aus. Eine Autotür quietscht, klappt zu. Flehend sieht Bianca Angelina an. „Da ist er! Angel, bitte versuche nett zu sein. … Bitte!“
Angelina steckt sich die Haarspange wieder ins Haar. „Okay, aber nur, wenn …“

Selbstbewusst betritt Selim die Terrasse. „Hey Bibi, darf ich zu euch kommen, oder frisst mich Karotti dann auf?“
Provozierend schmatzt Selim Bianca einen Kuss mitten auf den Mund.
„Mein Name ist Angelina!“
„Tschuldigung … Hey, Angelina.“
Angelina beobachtet genau, wie ihre Freundin den Mann mit den vollen, tiefschwarzen Haaren und den buschigsten Augenbrauen, die es gibt, anhimmelt. „Hast du Hunger, Schatz?“, fragt Bianca ihn.
Angelina spürt zum ersten Mal Eifersucht. ‚Hat Bianca gerade Schatz zu ihm gesagt? Nein, kann nicht sein, ich habe mich verhört.‘
Plump setzt sich Selim auf den Stuhl neben Bianca, greift nach der Dose Bier, öffnet sie und setzt die Dose an seine Lippen. Er trinkt das Bier in einem Zug leer. „Hast du noch eine?“, fragt er und ein Rülpser folgt.
„Natürlich Schatz“, antwortet Bianca und rennt sofort in die Küche, um ihm neues Bier zu holen.
Angelina tritt mit der Fußspitze gegen Selims Schienenbein. Ihre Augen funkeln ihn wütend an. „Das nächste Mal gehst du gefälligst selbst.“

„Aua!“, schreit Selim auf und reibt mit der Hand sein Bein.
Bianca kommt zurück und stellt ihrem Freund zwei weitere Bierdosen hin. Sie schaut von einem zum anderen. „Alles in Ordnung?“
„Ja klar, Schatz“, antwortet Angelina schnell, bevor Selim antworten kann. Warnend zieht sie die Augenbrauen hoch und starrt ihn an.
Bianca portioniert den Kartoffelsalat auf die Teller. „Lasst es euch schmecken. Ich freue mich, dass ihr beide da seid.“
Dieses Mal antwortet Selim schneller: „Wir uns auch, danke Bibi.“
Angelina probiert den Kartoffelsalat. „Mm, lecker … Bibi, hast du Zeit, morgen mal nach Oma Magdas Auto zu gucken? Der Wagen ist heute Morgen nicht angesprungen und sie ist den ganzen Weg zu Fuß zu uns in den Laden gelaufen.“
Selim lässt Bianca gar nicht zu Wort kommen. „Mein Vater hat deiner Oma Magda neulich erklärt, dass die Batterie erneuert werden muss. Aber sie war zu geizig, sich eine neue zu kaufen und ist mit der alten wieder weggefahren. Selbst schuld.“
Angelina verdreht die Augen. „Hey Hulk, deine Meinung interessiert mich nicht im Geringsten!

Wenn ich Bibi eine Frage stelle, brauchst du nicht für sie zu antworten!“
Augenblicklich hält Selim die Klappe. Bianca lenkt sofort ein. „Selbstverständlich fahre ich zu Oma Magda. Dann kann ich mich auch gleich für die Gardinen bedanken. Und vorsichtshalber nehme ich eine neue Batterie mit.“
„Super, danke, … Oma Magda hat ihr Portemonnaie vorhin im Laden vergessen. Ich kann sie telefonisch nicht erreichen, bringe es ihr aber morgen früh vorbei und sage Bescheid, dass du kommst“, erklärt Angelina.
Bianca nickt. „Okay.“
Alle drei schweigen. Aus dem Augenwinkel betrachtet Angelina Selims Profil. Sie kann direkt spüren, dass ihm das Schweigen unangenehm ist. ‚Das war schon früher in der Schule so. Er stand immer mit einer Meute Kumpels auf dem Schulhof rum, erzählte unsinnige Geschichten und alle wollten mit ihm befreundet sein. Warum eigentlich? Was findet Bibi an ihm so toll?‘, grübelt sie und schweigt weiter.
Selim schaut von seinem Teller auf, zu Bianca rüber und räuspert sich. „Die Bullen haben mich auf dem Weg zu dir angehalten, wegen dem kaputten

Auspuff. Ich musste ihnen erklären, dass ich den Wagen gerade von einem Opa gekauft habe, der die Karre seit Ewigkeiten nicht mehr gefahren ist und ich auf dem Weg in unsere Werkstatt bin."
„Warum hast du den Wagen dann nicht gleich in die Werkstatt gebracht?", fragt Bianca.
Genüsslich stupst Angelina die Wurst in den Senf und beißt ein großes Stück ab.
Selim grinst. „Ach, das hat Zeit bis morgen. Ich habe gedacht, ich bleibe heute Nacht bei dir."
Geschockt von Selims Worten lässt Angelina die Gabel auf den Teller krachen und röchelt. Schnell nimmt sie die Hand vor den Mund und tut so, als ob ihr das Stückchen Wurst in der Kehle steckt. Blitzartig springt sie vom Stuhl auf und rennt ins Haus. Die Vorstellung, dass Bibi und Selim die Nacht zusammen verbringen, ist für Angelina einfach unbegreiflich. Sie hört, dass Bianca ihr folgt.
„Ich glaube, die Idee, dich mit Selim an einen Tisch zu setzen, war nicht so toll", meint Bianca traurig.
„Ja, da hast du Recht, eine Scheißidee! Du weißt genau, dass ich ihn hasse, weil er mich in der Schule immer gemobbt hat."

„Aber, … aber das ist doch schon ein paar Jahre her und ich dachte, vielleicht könnt ihr euch vertragen“, rechtfertigt sich Bianca.
„Ach, du Träumerin. Der ändert sich nie. Läuft jedem Rockzipfel hinterher, legt die Mädels reihenweise flach und prahlt damit bei seinen Kumpels. Und du fällst auf ihn rein“, redet Angelina ihrer Freundin ins Gewissen.
„Nein, das glaube ich nicht. Er hat gesagt, er liebt mich.“
„Bibi, tue mir den Gefallen und wach auf. Ich geh jetzt besser nach Hause.“
Bianca versucht sie aufzuhalten. „Tut mir leid, ehrlich.“
„Schon gut, lass uns ein anderes Mal darüber reden“, schlägt Angelina vor.“
„Sehen wir uns morgen?“, fragt Bianca traurig.
Angelina nickt. „Wenn du nichts besseres vorhast.“

Ohne sich von Selim zu verabschieden und ihn eines Blickes zu würdigen, geht Angelina erhobenen Hauptes an ihm vorbei. „Na, wollen wir doch mal sehen, wer von uns beiden die Hosen anhat, du Hulk. So schnell gebe ich nicht auf, dass meine beste Freundin auf dich reinfällt," schimpft sie so laut, dass er es hören kann. Enttäuscht, dass der Abend so endet, läuft Angelina nach Hause.

...

4. Magda! Wach auf! - Erinnerungen

Angelina, Samstag, 4. August 2018

Mit einem flauen Gefühl im Magen macht sich Angelina auf den Weg zu Oma Magda. ‚Verflucht, warum geht sie nicht ans Telefon?‘
Sie fährt mit dem kleinen, froschgrünen Auto viel zu schnell. ‚Oma Magda würde jetzt mit mir schimpfen‘, denkt Angelina und schaut aufs Tachometer. Automatisch verringert sie die Geschwindigkeit.
Vor Magdas Haus hält Angelina den Wagen an, stellt den Motor ab und greift ins Handschuhfach nach Schlüsselbund und Portemonnaie. Die Wagentür lässt sie offen, läuft zum Hauseingang und schließt auf. „Hallo, Oma Magda! Ich bin´s Angelina! Ich bringe dir dein Portemonnaie vorbei! Hast du es noch gar nicht vermisst?“
Sie lauscht, erhält jedoch keine Antwort. Nur die Katzen miauen. Alle drei kommen auf sie zu geflitzt. „Auweia, was ist denn mit euch los? Oma Magda! Wo bist du?“

Angelina steigt die Dielentreppe hinauf zu den Schlafräumen. ‚Vielleicht schläft Oma ja noch', überlegt sie.
Die Zimmertüren sind weit geöffnet. Angelina schaut ins Schlafzimmer. Das große Doppelbett ist akkurat mit der gestreiften Tagesdecke abgedeckt. Nur an einer Kuhle auf der Decke ist zu erkennen, wo Pinsel geschlafen hatte. ‚Hm, die Brille liegt auch nicht auf dem Nachttisch und das Nachthemd hängt über der Stuhllehne, also muss Oma auf sein.'
Schnell wirft Angelina noch einen Blick in die Gästezimmer, aber alle Zimmer sind penibel aufgeräumt. Ungestüm hopst sie die Treppenstufen zur Diele runter und läuft in die Küche. „Oma Magda? Bist du hier?"
Auf der Küchenzeile stehen die mit Namen beschrifteten Katzennäpfe, daneben die ungeöffneten Futterdosen. Satan, der Verfressene, thront auf dem Hocker. Seine Augen funkeln Angelina böse an. Als sie auf ihn zugeht, um ihn zu streicheln, faucht er. „Sag mal, spinnst du? Das hast du doch noch nie gemacht."
Blitzschnell zieht Angelina ihre Hand zurück und dreht sich von ihm weg. „Blödmann!", schimpft sie,

während ihr Blick durch den gewölbten Zimmerdurchgang schweift.
Erleichtert atmet Angelina aus. „Ach, da bist du! Hey, warum antwortest du nicht? Geht's dir nicht gut?"
Zögerlich geht sie auf Magda zu, die in dem alten Ohrensessel sitzt. Augenblicklich beginnt Angelinas Herz zu rasen. Sie ahnt, sie kann nichts mehr für ihre Oma tun. Entsetzt starrt Angelina auf den leblosen Körper, die geschlossenen Augen, die blassgraue Haut und die faltigen Hände, die zu einem Gebet gefaltet sind. Vorsichtig berührt sie mit den Fingerspitzen Magdas Arm. Er ist eiskalt. Hilflos, flehend sprudeln die Worte aus Angelinas Mund: „Oma Magda! Oma Magda!"
Tränen schießen in ihre Augen. Verzweifelt fällt sie auf die Knie, umarmt die geliebte Oma und legt zärtlich ihren Kopf auf deren Schoß. Angelina schmeckt die salzigen Tränen auf ihren Lippen. Schluchzend stammelt sie: „Oma, was soll ich ohne dich nur machen? Jetzt habe ich niemanden mehr, der für mich da ist."
Nichts um sich herum nimmt Angelina mehr wahr.

Angelina schreckt hoch, als eine Hand von hinten ihre Schulter berührt. Sie wirft sich mit Schwung um und starrt entsetzt in ein männliches Gesicht. Der Mann nimmt seine Hand sofort weg und taumelt rückwärts. Fast wäre er nach hinten gekippt. „Angelina? Was machst du hier?“, fragt er.
„Ich, … ich habe Oma Magda so gefunden“, antwortet Angelina ganz verstört.
„Erkennst du mich nicht? Ich bin‘s Frank.“
Frank schubst Angelina unsanft zur Seite, beugt sich über Oma Magda und versucht an ihrem Hals vergeblich einen Puls zu fühlen. „Tja, Tante Magda. Das war´s dann wohl.“
Wie versteinert steht Angelina da und beobachtet den Mann, der sich als Frank ausgibt. Er holt ein Handy aus der Innentasche seiner schwarzen Lederjacke und wählt den Notruf. „Hallo, mein Name ist Frank Dittmer …“
Angelina hält sich die Ohren zu. Frank steckt das Handy zurück und wendet sich wieder ihr zu. „Komm mit und erzähl mir, was passiert ist.“
Ruppig greift er Angelina am Arm und zerrt sie hinter sich her in die Küche. Wie in Trance stolpert sie mit. Frank zeigt auf den Hocker, auf dem immer noch der Satan sitzt. „Ich glaube, die Viecher haben

Hunger. Egal, schubs den Kater runter und setz dich!“, befiehlt er.
Angelina wird speiübel. Alles beginnt sich um sie herum zu drehen. Trotzdem schafft sie es, bis ins Badezimmer zu laufen und die Tür abzuschließen. Volle Pulle dreht Angelina den Wasserhahn auf und spritzt sich mit beiden Händen das kalte Wasser ins Gesicht. Ihre Tränen vermischen sich mit dem Wasser. Ihre Gedanken fahren Achterbahn. ‚Warum? Warum habe ich nicht schon gestern Abend nach ihr gesehen? Ich bin schuld.‘
Angelina schaut in den Spiegel über dem Waschbecken. Wütend schlägt sie die Faust in den Spiegel, in ihr Gesicht. Der Spiegel zerspringt, Blut tropft von der Hand ins weiße Becken. Sie nimmt den Schmerz gar nicht wahr. Plötzlich hört Angelina das Martinshorn vom Krankenwagen, Sekunden später unbekannte Stimmen, Fußtritte am Badezimmer vorbeistampfen, das Wasser aus dem Hahn plätschern. Sie kühlt die brennende Wunde. Wie lange, weiß sie nicht.

Jemand klopft gegen die Badezimmertür. „Hallo! Ist alles in Ordnung mit Ihnen? Hier ist die Polizei. Bitte öffnen Sie."
Jäh reißen Angelina die Worte aus ihrer Starre. Ungeschickt wickelt sie mit der rechten, unversehrten Hand ein Handtuch um die verletzte Hand. Die Worte des Polizisten klingen ungeduldig: „Machen Sie endlich auf!"
Zögernd dreht Angelina den Schlüssel im Schloss und öffnet. Ein großer Mann in Zivil steht vor ihr. Verdutzt schaut Angelina in sein Gesicht. Seine Haut ist dunkel, die Nase schmal, und seine Augen sind die dunkelsten Schokoladenaugen, die sie jemals gesehen hat. Er verwirrt sie so sehr, dass sie keinen Ton rausbekommt. Angelina sieht seinen Blick zu ihrer Hand mit dem umgebundenen Handtuch wandern. „Sie sind verletzt. Was ist passiert?", fragt der Mann.
Das Handtuch weist inzwischen rote Flecken auf. Angelina stottert: „Ich … Ich … Ich …"
„Ich bin Kriminalkommissar Louis Awolowo", stellt er sich vor, „bleiben Sie hier stehen, ich hole den Arzt."
Verdutzt schaut Angelina dem Kommissar hinterher, wie er in die Küche geht und kurze Zeit

später, gefolgt von einem Mann mit Arzttasche, zurückkommt. „Setzen Sie sich auf die Treppenstufen. Doktor Spieker wird Ihre Hand untersuchen“, bestimmt Kommissar Awolowo.
Ohne Widerworte folgt Angelina seinen Anweisungen. „Bitte sagen Sie Ihren Namen und was Sie hier machen“, fordert der Kommissar sie auf.
„Ich bin Angelina, Angelina Hommel und ich wollte Oma Magda ihr Portemonnaie bringen. Aber Oma …“
Sie bricht den Satz ab und beginnt zu heulen.
„Haben Sie Ihre Oma gefunden?“
Angelina vernimmt Mitleid in Kommissar Awolowos Stimme und nickt. „Wann war das? Und wie haben Sie sich verletzt?“, fragt er weiter.
„Halb acht.“
Doktor Spieker unterbricht das Gespräch. „Das ist eine Schnittwunde. Achtung, es wird gleich etwas brennen“, warnt er Angelina vor und sprüht Wunddesinfektion auf die Wunde.
„Aua! Das brennt!“, jammert sie.
„Sag ich doch. Ist gleich vorbei“, beruhigt der Doktor Angelina. „Ich lege Ihnen einen Verband an

und dann bekommen sie eine Beruhigungsspritze, okay?"
Angelina nickt abermals. „Am Spiegelschrank", beantwortet sie im Nachhinein Kommissar Awolowos Frage.
Er geht ins Badezimmer, um gleich darauf zurückzukehren. Währenddessen erscheint ein anderer Mann in der Diele. Deutlich älter als Kommissar Awolowo, mit grauen Haaren, Schnurbart, einer rahmenlosen Brille und strengem, faltigen Gesicht. Der Mann stellt sich neben den Doktor. Er wendet sich Angelina zu und hält ihr ein Bild vor die Nase. Seine Stimme ist freundlicher, als sein Gesicht. „Hallo, ich bin Kriminalhauptkommissar Normen Kröger. Sind Sie das, auf dem Foto?"
„Ja, meine Mama und ich", antwortet Angelina.
„Sie sehen sich sehr ähnlich. Ist Frau Furchner Ihre Großmutter?"
„Nein, aber so ähnlich."
Kommissar Kröger zeigt auf ihre Schuhe. „Ziehen Sie bitte die Schuhe aus."
Fragend schaut Angelina Kommissar Kröger an. „Warum?"

„Wahrscheinlich sind Sie in kleine Glassplitter getreten, die auf dem Fußboden liegen", erklärt er. Artig schlüpft Angelina aus den pinken Sneakern und reicht sie ihm. Kommissar Kröger tastet die Schuhsohlen ab und wendet sich seinem Kollegen zu. „Louis, hier sind Splitter drin. Bring die Schuhe bitte zur Spurensicherung."
Kommissar Awolowo steckt die Schuhe in eine durchsichtige Tüte und verschwindet wortlos. Angelina beobachtet den Doktor, wie er eine Spritze mit klarer Flüssigkeit aus einer Ampulle aufzieht und ihr in den Oberarm spritzt. Im Anschluss legt er einen Verband um die verletzte Hand. „Den Verband lassen Sie bitte zwei Tage drauf und am Montag gehen sie zu ihrem Hausarzt", weist der Doktor sie an.
„Ja, mach ich, danke."
Der Doktor dreht sich seitlich zu Kommissar Kröger, flüstert ihm etwas ins Ohr, was Angelina absolut nicht verstehen kann und verlässt mit seiner Arzttasche den Flur.
Kommissar Kröger setzt sich neben Angelina auf die Treppenstufe. „Wie heißen Sie?"
„Angelina Hommel, habe ich doch schon Ihrem Kollegen gesagt."

„Tut es sehr weh? Ich meine Ihre Hand“, fragt er freundlich.
Aus lauter Verzweiflung sprudeln auf einmal die Sätze aus ihr raus. „Geht so, wäre ich doch bloß schon gestern Abend gekommen, vielleicht wäre Oma Magda dann nicht …“
„Angelina, es bringt nichts, dass Sie sich jetzt Vorwürfe machen“, versucht Kommissar Kröger sie zu beruhigen.
„Aber Oma Magda war für mich, wie eine richtige Oma! Sie hat mich zum Lachen gebracht, mich getröstet, wenn ich traurig war. Sie hat mir kochen beigebracht und mir gezeigt, wie man mit der Nähmaschine Kleider näht, wie ich mit den Tieren umgehen muss und ... Wie eine richtige Oma, verstehen Sie das? Was soll ich denn jetzt ohne Oma machen?“
„Natürlich verstehe ich Sie, Angelina. Ich hatte auch so eine Oma und denke sehr oft an sie.“
Angelina fummelt die Engelsfigur aus ihrer Hosentasche und zeigt sie Kommissar Kröger. „Meine Mutter ist vor ein paar Jahren gestorben. Das ist mein Talisman. Oma Magda schenkte ihn mir. Wir glauben nämlich an Engel, die auf uns aufpassen.“

„Ich finde, das ist ein sehr schöner Talisman“, sagt Kommissar Kröger mitfühlend.
Ohne darüber nachzudenken, lehnt Angelina ihren Kopf an seine Schulter. „Herr Kommissar Kröger, ist Oma …?“
„Das wird der Gerichtsmediziner feststellen. Es tut mir sehr leid, Angelina, trotzdem muss ich Ihnen ein paar Fragen stellen. Sind Sie jetzt in der Lage, die zu beantworten?“
„Ich versuche es. Aber bitte sagen Sie mir, was Oma Magda passiert ist, bitte!“, fleht Angelina den Kommissar an.
„Ihre Oma hat am Hinterkopf eine Wunde. Ob sie daran gestorben ist, kann ich Ihnen zum jetzigen Zeitpunkt wirklich noch nicht sagen. Ist Ihnen die Verletzung nicht aufgefallen?“
„Nein, Oma saß ja in dem Sessel, mit dem Kopf an der Sessellehne gelehnt, als ob sie friedlich schläft. Ich habe dann bemerkt, dass ihre Hände gefaltet und ganz kalt waren.“
„Wann haben Sie Ihre Oma denn zuletzt gesprochen?“
„Gestern, Oma Magda war bei uns im Frisiersalon. Onkel John brachte sie mit seinem Auto nach Hause.“

„Friseurstudio Hella, John Smith?“, hakt Kommissar Kröger nach.
„Ja, kennen Sie ihn? Er ist mein Patenonkel.“
„Nein, aber meine Frau ist Kundin bei Herrn Smith. Wissen Sie um welche Uhrzeit Ihr Onkel die Oma nach Hause brachte?“
„Klar doch, nach Feierabend, kurz nach sechs.“
„Kommt das öfter vor?“
„Nein, eigentlich nie. Oma Magdas Auto ist nicht angesprungen, darum“, erklärt Angelina.
Kommissar Kröger schaut sie von der Seite an. „Angelina, wo waren Sie denn gestern Abend nach Feierabend?“
„Ich?! Warum fragen Sie mich das?!“
Er lächelt. „Weil ich neugierig bin … Berufskrankheit.“
„Na gut, ich war bei meiner Freundin Bianca“, gibt Angelina nach.
„Bianca wie und wo?“
„Bianca Willmers, in der Gartenstraße.“
„Bis wann?“
„Oh Mann! Weiß nicht genau. Halb zehn vielleicht.“
„So, und jetzt erzählen Sie mir bitte noch, wie Sie sich verletzt haben.“

Angelina seufzt. „Ihre Berufskrankheit ist ganz schön nervig, Herr Kommissar. … Plötzlich stand Oma Magdas Neffe Frank hinter mir, wie ein Gespenst aus dem Nichts. Ich hasse ihn!"
Kommissar Krögers Stimme klingt jetzt wachsamer. „Warum hassen Sie ihn?"
„Weil Oma Magda oft traurig war wegen ihm. Frank kam nur vorbei, wenn er Kohle brauchte."
„Aha, interessant. Kennen Sie ihn gut?"
„Geht so, habe ihn ewig nicht gesehen. Der Blödmann hat mich schroff am Arm gepackt und in die Küche gezerrt. Aber ich konnte ihm entwischen und mich im Bad einschließen", erzählt Angelina.
Sie macht eine Pause und starrt auf ihre nackten Füße. „Wissen Sie, ich war so wütend auf Oma Magda, dass sie mich alleine lässt … Und naja, auch auf mich selber, da habe ich mit der Faust in den Spiegel gehauen."
Mitfühlend berührt Kommissar Kröger kurz ihren Arm. „Ich werde Kommissar Awolowo beauftragen, Sie nach Hause zu bringen. Wo wohnen Sie?"
„Mein Appartement ist direkt über dem Frisiersalon."
„Treffen wir da jetzt Ihren Onkel John an?"

Angelina schlägt sich die Hand vor den Kopf. „Ach du Scheiße! Der wird bestimmt schon zigmal angerufen haben, wo ich bleibe!“
„Wo ist denn Ihr Handy?“
„Im Auto.“

Kommissar Awolowo biegt hinter der beampelten Bahnschranke, rechts in die Bad Salzdetfurther Altstadt ein. Stumm sitzt Angelina neben ihm, den geflochtenen Transportkorb mit Katze Pinsel auf dem Schoß. „Sie machen sich Sorgen, um die beiden anderen Katzen, die nachher abgeholt werden, stimmts?“, fragt Kommissar Awolowo.
„Eigentlich nicht, der Herbert vom Gutshof, ist ein Netter. Er geht toll mit den Tieren um. Da bin ich mir ganz sicher. Ich weiß nur nicht, ob sich die Esel, Pinte und Patti, gut eingewöhnen können. Die sind nämlich sehr eigensinnig und werden Oma Magda genauso vermissen wie ich“, antwortet Angelina.
„Ein Freund von mir wohnt in Listringen, der eine Pony- und Eselzucht betreibt. Wenn Sie wollen, frage ich ihn, ob er die beiden Esel aufnehmen kann“, schlägt Kommissar Awolowo vor.

„Hm, wenn ich sie da besuchen darf, denke ich drüber nach."
„Bestimmt, … Ihre Tankanzeige leuchtet."
„Weiß ich, mein Frosch-Taxi hat immer Ebbe. Können Sie auf den Einstellplatz im Hinterhof fahren, ich möchte nicht vor dem Salon parken?"
„Kein Problem, mach ich."
Unauffällig betrachtet Angelina sein Profil. ‚Warum sieht der Mann so gut aus? Warum bekomme ich Gänsehaut, wenn ich neben ihm sitze? Warum denke ich ausgerechnet jetzt darüber nach, wenn ich traurig bin?', grübelt sie während Kommissar Awolowo das Auto einparkt.
Kommissar Awolowo stellt den Motor ab und zieht den Zündschlüssel. „Soll ich Ihnen den Katzenkorb abnehmen?", fragt er hilfsbereit.
Angelina schreckt aus ihren Gedanken. „Ähm, ja danke."
Der Kommissar steigt aus, geht um das Auto herum und öffnet Angelina die Beifahrertür. Als er ihr den Korb abnimmt, berühren sich zufällig ihre Hände. Sofort spürt sie ein Kribbeln, von den Fingerspitzen an, die Arme hochwandern. Reflexartig zieht Angelina die Hände weg. ‚Schau ihm bloß nicht in die Augen, sonst errät er deine dummen Gedanken,'

denkt sie, hüpft eilig aus dem Wagen und reißt ihm fast den Korb aus den Händen.
Den Blick starr auf das Kopfsteinpflaster gerichtet, geht Angelina neben ihm auf den Hintereingang des Hauses zu. Die Tür zum Treppenhaus ist mit einem Stopper festgeklemmt. Ein hoher Standaschenbecher steht an der Hauswand. Einige Zigarettenstummel, mit Lippenstift daran, liegen in der Schale. „Haben Sie vielleicht eine Kippe für mich?“, fragt Angelina spontan.
„Nein, ich bin Nichtraucher“, antwortet Kommissar Awolowo.
„Aha, ... muss ich mit zu Onkel John in den Laden? Ich möchte jetzt viel lieber alleine sein.“
„Nein, müssen Sie nicht. Gehen Sie ruhig in Ihre Wohnung. Ich spreche mit Ihrem Onkel und melde mich später nochmal. Sie laufen mir ja nicht weg, oder?“
Angelina schüttelt den Kopf. „Nein, selbstverständlich nicht.“

Angelina schließt die Wohnungstür auf und betritt das geräumige Appartement Sie stellt den Katzenkorb auf dem hellgrauen Laminatboden ab.

Die Tür bekommt einen Schubs mit dem Fuß und fällt krachend ins Schloss. „Da sind wir Pinsel, das ist nun dein neues Zuhause. Ich hoffe, du fühlst dich wohl bei mir."
Die kleine Katze tapst neugierig aus dem Körbchen. Vorsichtig schaut Pinsel sich zu allen Seiten um und schleicht durch den Raum.
Angelina zieht die schwarzweiß, gestreiften Fenstervorhänge zu. Überall auf den mit Büchern vollgestopften Regalen verteilt sie Gläser mit Duftkerzen drin und auf dem ovalen Beistelltischchen neben dem weißen Bilderrahmen, mit dem Foto ihrer Mutter, bekommt nun Magdas Bild einen Platz. ‚Ob Kommissar Awolowo mit Absicht weggeguckt hat, als ich heimlich den Bilderahmen und die Engelsfigur stibitzt und zu Pinsel in den Katzenkorb gesteckt habe? Ach was, was ich mir wieder einbilde.'
In einem Schälchen mit Wasser liegt eine Schwimmkerze. Das selbst geschnitzte Holzkreuz hängt über dem Tischchen an der Wand. „Vier Elemente", murmelt Angelina und zündet alle Lichter an.
Nachdenklich setzt sie sich im Schneidersitz auf das große, runde Kissen, schließt die Augen und atmet

die duftenden Gerüche von Wildkirsche, Zimt und Lavendel ein. ‚Einatmen, ausatmen, einatmen, ausatmen.'
Nach und nach spürt Angelina, dass sie innerlich ruhiger wird. Die Gedanken sind nicht mehr so wild durcheinander, doch der Schmerz in ihrer Brust lässt nicht nach. Sie weiß, den Schmerz kann ihr Niemand nehmen.

Wie in Trance starrt Angelina auf die Fotos in dem Fotobuch, das auf ihren angewinkelten Beinen liegt. Apathisch blättert sie die Seiten um, während ihre Tränen auf die Bilder kullern und die Gesichter vor ihren Augen verschwimmen. Zwischendurch tastet sie immer wieder nach der Bierflasche und trinkt einen Schluck. Angelina legt den Kopf an Johns Schulter. Nachdem John mit Kommissar Awolowo sprach, kam er sofort zu ihr. Seine Anwesenheit sollte sie eigentlich beruhigen, tut es aber nicht. Im Gegenteil, seine Aura wühlt sie nur noch mehr auf. Das Bimmeln ihres Handys unterbricht die trübselige Stille. John klappt die Hülle auf und legt ihr das Telefon unübersehbar aufs Fotobuch. „Angelina, dein Vater, du solltest rangehen."

„Nein! Ich will ihn nicht sprechen!"
„Vielleicht ist es wichtig?"
„Pah! Papa ist doch nur sich selber wichtig!"
„Angelina, du bist ungerecht. Er will wahrscheinlich wissen, wie es dir geht."
„Ja, ja", antwortet Angelina ungerührt und drückt den Anruf einfach weg.
Plötzlich klopft es zaghaft an der Wohnungstür. „Angel, bist du da? Ich bin's."
Sofort schaut Angelina vom Buch hoch, als sie Biancas Stimme erkennt. „Onkel John, kannst du Bianca bitte aufmachen."
John steht vom Fußboden auf, geht zur Tür und öffnet. „Hallo Bianca, komm rein. Gut, dass du da bist. Ich lasse euch mal allein", sagt er und dreht sich nochmal zu Angelina um. „Ich rufe deinen Vater an und sage ihm Bescheid."
„Tu, was du nicht lassen kannst", antwortet Angelina spitz.
Bianca hockt sich zu ihr auf die Erde. Mitfühlend nimmt sie Angelina in die Arme. „Ich komme gerade von Oma Magda, wollte ihr Auto reparieren. Die Polizei hat alles abgeriegelt und so ein älterer Kommissar quetschte mich wie eine Zitrone aus. Der wollte alles Mögliche wissen. Aber selber kam

er nicht so richtig mit der Sprache raus, was passiert ist."
„Das war bestimmt Kommissar Kröger. Ich habe Oma Magda tot im Sessel gefunden", antwortet Angelina leise.
„Ach du scheiße!", ruft Bianca bestürzt.
Bianca lehnt ihre Stirn an Angelinas und streicht ihr zärtlich mit der rechten Hand die verklebten Haare aus dem Gesicht. „Das ist ja grauslich. Angel, das tut mir so leid."
Angelinas Tränen tropfen ihrer Freundin auf die Hand. „Wenn jemand tot aufgefunden wird und die Todesursache nicht genau bestimmt werden kann, kommt immer die Polizei und auch die Staatsanwaltschaft. So wie im Krimi", sagt Angelina traurig.
„Glaubst du etwa sie ist ermordet worden?"
Angelina nickt und erzählt schniefend weiter: „Urplötzlich stand Frank hinter mir. Vor Schreck bin ich fast in Ohnmacht gefallen. Ob der schon vorher da war oder nicht, keine Ahnung."
Angewidert verzieht Bianca die Mundwinkel. „Meinst du Oma Magdas Neffen, den schmierigen Rocker Typen?"

„Ja, genau den. Oma Magda erwähnte gestern, dass er heute kommen wollte, weil sie etwas mit ihm zu besprechen hätte."
Ernst schaut Angelina ihrer Freundin in die Augen.
„Du, Bibi, ich muss da noch mal hin."
„Willst du dir das wirklich antun?", fragt Bianca baff.
„Nein, aber es muss sein. Oma Magda machte mal so Andeutungen wegen ihrem Testament, dem muss ich auf den Grund gehen. Hat auf jeden Fall was mit früher zu tun. Mit ihrem verstorbenen Mann und so."
„Angel, das Haus wird versiegelt sein, wie man das aus dem Fernsehen kennt", versucht Bianca sie von dem Vorhaben abzubringen.
„Ist mir wurscht. Kommst du nun mit?", fragt Angelina fest entschlossen.
„Muss ich ja, du hast eine schreckliche Bierfahne und in deinem Zustand kannst du eh kein Auto mehr fahren. Hoffentlich ist die Polizei schon weg."
„Das hoffe ich auch, aber, vorher müssen wir zu Constanze."
Bianca schnauft. „Wer zum Teufel ist jetzt Constanze?"

„Oma Magdas beste Freundin. Sie ist hier zur Reha in der Klinik. Gestern, bevor sie bei mir im Geschäft war, haben sie sich getroffen."
„Gut, aber nur unter einer Bedingung", fordert Bianca.
Angelina neigt seitlich den Kopf. „Die wäre?"
„Du gehst unter die Dusche, damit dein Kopf wieder klar wird."
Prompt löst sich Angelina aus Biancas Umarmung und streckt ihrer Freundin die Zunge raus. „Wasser wird überbewertet."
Bianca tobt. „Los! Mach schon! Oder aber …"
„Schon gut, ich geh ja schon", gibt Angelina nach.

Angekommen in der Rehaklinik liest Angelina den Namen des Mitarbeiters, der hinter dem Empfangstresen sitzt und eifrig Daten in den Computer tippt. „Guten Tag, Herr Lustig. Mein Name ist Angelina Hommel. Ich möchte eine Patientin besuchen. Sie heißt Constanze."
Herr Lustig schaut von seinem Computer auf und blickt ihr, ohne eine Miene zu verziehen, ins Gesicht. „Constanze und weiter?"
Angelina zuckt mit den Schultern. „Keine Ahnung. Constanze hatte eine Hüftoperation und ist hier in

der Reha. Ach ja, sie wohnt in Goslar. Mehr weiß ich nicht."
„Da kann ich Ihnen nicht helfen, Datenschutz", erklärt Herr Lustig.
Angelina senkt die Augenlider und spricht mit weinerlicher Stimme: „Bitte, können Sie nicht eine Ausnahme machen? Heute ist meine Oma verstorben, ganz plötzlich. Oma Magda und Constanze waren Freundinnen und ich möchte es ihr persönlich mitteilen."
Herr Lustig lässt sich erweichen. „Das tut mir natürlich sehr leid. Warten Sie einen Moment, ich gucke mal nach, ob ich einen Eintrag finde."
Bianca zuppelt an Angelinas Jackenärmel und zeigt auf einen Kiosk mit Cafeteria. „Lass uns da rüber gehen. Da sitzen ein paar Frauen an den Tischen, die fragen wir einfach, ob sie Constanze kennen."
„Mach du das. Ich warte hier, vielleicht sagt mir Herr Lustig doch noch, wo wir sie finden."
Angelina wendet sich wieder Herrn Lustig zu und belauscht das Telefonat. „Ja, gut, ich schicke die Dame zu Ihnen. Einen schönen Tag noch", sagt er und legt den Hörer auf.
Nun spricht Herr Lustig etwas freundlicher: „Frau Constanze Tessin bewohnt das Zimmer

Zweihundertacht in der zweiten Etage. Sie erwartet Sie, Frau Hommel. Wenn Sie aus dem Fahrstuhl steigen, gehen Sie links den Gang entlang."
Angelina schenkt ihm ein zartes Lächeln. „Vielen Dank für Ihre Mühe, Herr Lustig."
Sie schaut sich nach Bianca um und sieht, wie die gerade den Kiosk verlässt. Mit einem Handzeichen zeigt Angelina auf den Fahrstuhl. „Constanze wohnt in der zweiten Etage, sie erwartet uns!", ruft Angelina ihrer Freundin zu und drückt den Fahrstuhlknopf.
Bianca grinst. „Hast du den netten Herrn Lustig doch rumgekriegt."
Angelina spottet: „Natürlich, die Leichteste meiner Übungen."

Der Fahrstuhl bringt sie in die zweite Etage. Nach kurzem Rucken öffnet sich die Fahrstuhltür. „Wir müssen links, Zimmer …"
Angelina hat den Satz noch nicht zu Ende gesprochen, da öffnet sich eine Zimmertür und eine schlanke Frau mit blonden Haaren guckt um die Ecke. „Hallo! Angelina! Ich bin's Constanze. Kommt herein", winkt sie.

Überschwänglich reißt Constanze Angelina in die Arme und drückt sie an ihre Brust. „Was für eine Überraschung. Bist du erwachsen geworden. Lass dich anschauen, Kind. Magda erzählt mir bei jedem Treffen von dir. Hat sie dich geschickt, mir die Haare zu machen?"
Behutsam löst sich Angelina aus der Umarmung. Sie mustert die elegant gekleidete Frau, schaut ihr in das dezent geschminkte Gesicht und versucht die passenden Worte zu finden. „Nein, leider gibt es keinen guten Anlass für unser Treffen. Oma Magda ist … Sie ist tot."
Fassungslos starrt Constanze Angelina an. „Nein, das glaube ich dir nicht. Magda war gestern noch quietschfidel. Wenn du hergekommen bist, um mich zu brüskieren, finde ich das sehr geschmacklos!"
Verblüfft auf diese Reaktion tritt Angelina ein paar Schritte zurück, blickt Constanze aber weiterhin fest in die Augen. „So etwas Ungeheuerliches würde mir nie in den Sinn kommen. Ich wollte Sie benachrichtigen, weil Sie ihre beste Freundin sind, bevor die Polizei hier auftaucht."
„Oh, mein Gott! Polizei? … Tut mir leid, tut mir leid", stammelt Constanze aufgebracht.

Constanze dreht sich auf dem Absatz um und humpelt auf einer Gehhilfe gestützt zum Sessel, der an der Fensterfront steht. Umständlich setzt sie sich hinein. Aus der Tasche ihrer weißen Strickjacke zieht sie ein Asthmaspray und sprüht sich eine Prise in den Mund. Sie atmet tief ein. Besorgt setzt sich Angelina in den Schreibtischstuhl und rollt damit direkt vor Constanzes Nase. „Ist Ihnen nicht gut? Soll ich einen Arzt rufen?“
„Nein, nein, gleich wird es mir besser gehen“, wendet Constanze ab. „Bitte erzähl mir, was passiert ist.“
Angelina beginnt zu berichten: „Ich habe Oma Magda leblos im Wohnzimmer gefunden. Das war schauerlich! Sie war schon ganz kalt und auf einmal war Frank da, wie aus dem Nichts. … Er rief den Notarzt und die Polizei an.“
Constanze schüttelt den Kopf. „Das ist ja schrecklich! Warum war Frank da? Was hat er mit der armen Magda gemacht?“
‚Ist das wirklich Constanze? Omas beste Freundin? Diese Frau vor mir vergießt nicht eine Träne, sie guckt nur bestürzt und stellt Fragen‘, überlegt Angelina.

Sie antwortet distanziert: „Ich weiß nicht, was passiert ist, … wirklich nicht. Ich hoffe, dass findet die Kripo raus. Wissen Sie, ich war total durcheinander. Der Notarzt musste mir sogar eine Beruhigungsspritze geben und einer der Kommissare brachte mich nach Hause."
Beruhigend tätschelt Constanze Angelinas Hände, die sie zwischen den Beinen verschränkt hält. Constanzes Stimme hört sich nun ganz sanft und einfühlsam an. „Armes Mädchen, wenn ich etwas für dich tun kann, sag mir bitte Bescheid."
Angelina denkt nach und erwidert ernst: „Ja, Sie können mir helfen. Constanze, Sie wissen so viel über Oma Magda, was ich nicht weiß. Oma Magda wollte nie über die Vergangenheit reden. Die soll ruhen, sagte sie immer. Warum betrachtete sie meine Mama wie ihre Tochter und kümmerte sich um mich? Erst jetzt wird mir schmerzlich bewusst, was Oma Magda alles für uns getan hat. Frank muss sich gefühlt haben, wie das dritte Rad am Wagen. … Ich glaube, er hasst mich!"
Constanze stützt sich mit dem Ellenbogen auf der Sessellehne ab, neigt den Kopf zur Seite und kratzt sich mit der Hand am Hinterkopf. „Hm, du weißt wirklich nichts?"

„Nein, sagen Sie es mir, … bitte!“
Eine Pause entsteht, die Angelina ewig lang vorkommt. „Bitte“, fleht sie.
Dann, endlich, öffnet sich Constanze. „Also gut, … hör zu, … das Gesagte bleibt unter uns. … Magda war wegen versuchter Republikflucht im Gefängnis der DDR inhaftiert. Sie gebar in Gefangenschaft eine Tochter und gab ihr den Namen Hella Maria. Sofort nach der Geburt nahm die Staatsmacht ihr das Baby weg und es kam zur Zwangsadoption. Sie war dagegen machtlos. Im Anschluss schickte die Staatsmacht Magda in den Westen.“
„Hella Maria ist der Name meiner Mutter!“, wirft Angelina ein.
Constanze nickt. „Nun ja, ich weiß, lass mich erzählen … Magda kam in Hildesheim bei netten Leuten unter, die eine Schneiderei besaßen. Sie lernte Hans kennen und nachdem sie geheiratet hatten, half sie ihrer Schwester Tina, mit Frank aus der DDR zu flüchten. Auch mir verhalf Magda zur Flucht. Wie gefährlich das war, möchte ich mal dahingestellt lassen. Jedenfalls bin ich ihr bis heute dankbar dafür, nur leider nahm das böse Schicksal für Magda kein Ende. Tina kam bei einem Autounfall ums Leben. Magda fuhr das Auto. Auf

der Landstraße versagten die Bremsen und sie prallten frontal gegen einen Baum. Tina war sofort tot. Frank, war damals glaube ich, zehn Jahre alt und überlebte schwerverletzt. Er blieb bei Magda und Hans. Sie bekamen das Sorgerecht. Magda verhätschelte Frank, wahrscheinlich weil sie Schuldgefühle hegte. Hans großer Wunsch, dass Frank später den Landwirtschaftlichen Betrieb übernimmt, stellte sich als sehr schwierig raus. Frank wurde von Jahr zu Jahr aufsässiger. Es kehrte erst etwas Ruhe ein, als Frank seinen Dickschädel durchgesetzt hatte und als Zimmermannlehrling auf die Walz ging. Die drei haben sich im Laufe der Jahre, sagen wir mal, arrangiert. Schließlich ist er der einzige Erbe."
In Angelinas Kopf rattert es. Diese vielen Informationen muss sie erstmal verarbeiten. Constanze trinkt einen Schluck Wasser und spricht weiter: „Weißt du Angelina, Frank ist ein Eigenbrötler und sehr starrsinnig. Aber, … er hat sich nach Hans Tod um Magda gekümmert. Auf seine Weise eben. Trotzdem gab Magda nie auf, ihre Tochter zu finden."
„War das Zufall, dass Oma Magda Mama kennenlernte?", fragt Angelina neugierig.

„Ich glaube ja. Magda gab ein Inserat in der Zeitung auf. Sie wollte den Laden in der Bad Salzdetfurther Altstadt vermieten. Daraufhin meldete sich deine Mutter bei ihr und sie lernten sich kennen. Von dem Zeitpunkt an veränderte sich Magda. Sie blühte auf und glaubte, in deiner Mutter die verlorene Tochter wiedergefunden zu haben. Und dich liebte sie vom ersten Moment an. Niemand konnte Magda davon abhalten zu glauben, dass ihr zu ihr gehört. Sie nannte es mein Schicksal."
„Dann haben Frank und ich ein ähnliches Schicksal. Seine Mutter starb ja auch, als er noch ein Kind war", meint Angelina betroffen.
„Stimmt, sprich mit deinem Vater. Magda wollte ihr Testament ändern."
Angelina ist verblüfft. „Ernsthaft?"
„Ja, gib mir mal bitte meine Handtasche rüber. Die liegt auf dem Schreibtisch."
Angelina steht vom Stuhl auf und geht zum Schreibtisch. Sogleich fallen ihr ein paar verschiedenfarbige Salzsteine und eine rosafarbene Salzkristall-Lampe auf. ‚Das ist doch die gleiche Lampe, die Magda gestern in ihrer Handtasche hatte', erinnert sie sich, nimmt Constanzes Tasche vom Tisch und reicht sie ihr. Mit dem Zeigefinger

zeigt Angelina auf den Schreibtisch. „Die Kristalllampe ist schön. Oma Magda hatte auch so eine."
Constanze wühlt in der Handtasche und zieht ein Kärtchen heraus. Sie lächelt Angelina an. „Ich war vor ein paar Tagen in der Salzgrotte am Solebad. Das Einatmen der salzhaltigen Luft ist gut für meine Atemwege. Im Lädchen habe ich die Salzsteine gekauft und für Magda eine Salzkristall-Lampe als Geschenk mitgebracht. … Hier meine Visitenkarte."
Angelina nimmt die Karte, steckt sie ohne draufzuschauen in die Hosentasche und reicht Constanze die Hand zum Abschied. „Danke für das Gespräch. Ich melde mich bei Ihnen, versprochen."
„Du bist mir bitte nicht böse, wenn ich nicht aufstehe und dich zur Tür begleite?", fragt Constanze.
„Nein, nein, ist schon okay. Tschüss."
„Wiedersehen, Angelina."
Bedrückt verlässt Angelina das Zimmer und schließt leise die Zimmertür. Sie sieht Bianca im Flur, auf dem dunkelgrauen Teppichfußboden, neben dem Fahrstuhl hocken. Schnurstracks geht Angelina auf ihre Freundin zu. „Sorry, dass du so

lange warten musstest, aber du wirst staunen, was ich von Constanze erfahren habe. Das muss ich erstmal sacken lassen."
Bianca steht vom Boden auf und gähnt. „Macht nix, ich habe dafür ein kleines Nickerchen gehalten. Los, erzähle, bin gespannt."
„Nicht hier, im Auto. Wir müssen sofort in Oma Magdas Haus fahren", antwortet Angelina.
Sie verlassen die Rehaklinik.

...

Kapitel 5 – Ermittlung, Bad Salzdetfurther Polizeiwache

Kommissar Louis Awolowo, Samstagnachmittag

„Suche die rosafarbene Salzkristall-Lampe."
Normen Kröger beendet das Telefonat und legt den Hörer auf die Festnetzstation. Fragend schaut er Louis an. „Was hast du gerade gemurmelt?"
Louis stellt zwei mit heißem Kaffee gefüllte Becher auf Krögers Schreibtisch ab und legt ihm den Zettel, der zwischen seinen Fingern klemmt, auf die Tastatur des Computers. Sein Kollege liest den Satz laut vor: „Suche die rosafarbene Salzkristall-Lampe. Wer hat das geschrieben?"
„Weiß ich nicht, der Zettel war in einem Umschlag mit meinem Namen drauf versehen. Ein Junge gab ihn am Empfang bei Sabrina ab. Leider hat sie ihn nicht nach seinem Namen gefragt", erklärt Louis.
Kröger nippt an seiner Kaffeetasse und verzieht das Gesicht. „Boa ist der bitter."

Louis lacht. „Polizeianwärterin, kocht Kaffee, was erwartest du."
Dann holt Kröger tief Luft. „Okay, besser den, als gar keinen Kaffee. … Nun zu meinem Telefonat mit Doktor Spieker. In der Gerichtsmedizin ist so viel zu tun, dass wir vor Montag keinen Abschlussbericht bekommen. Er mailt ihn uns zu. Nur so viel Vorabinformation, dass die Oma nicht an der Kopfwunde gestorben ist. Der Schlag auf dem Hinterkopf setzte sie nur außer Gefecht, so dass sie sich nicht wehren konnte. Praktisch war Oma Magda benebelt. Doktor Spieker fand glitzernde Partikel in der Wunde."
„Und was war die Todesursache?", fragt Louis neugierig.
„Sie wurde wahrscheinlich mit einem Kissen oder einer Decke erstickt, Wollfasern im Rachen. ... Den Todeszeitpunkt konnte unser lieber Doktor auf gestern Abend um circa einundzwanzig Uhr bis zweiundzwanzig Uhr dreißig eingrenzen", berichtet Kröger.
Louis weist auf die Tatortfotos hin. „Schau, die Oma hatte ihre Hände auf einem gestickten Sofakissen gefaltet. Das Kissen ist bei der

Spurensicherung. Für mich sieht das nicht nach einem geplanten Mord aus."
„Für mich auch nicht. Die Splitter, die auf dem Fußboden lagen, waren die rosa?", fragt Kröger.
„Ja, glitzernd, weiß und rosa, … Salzstein! Darum der Hinweis, dass wir nach der Salzkristall-Lampe suchen sollen", fällt Louis ein.
Louis beobachtet Kröger, wie der sich gemächlich aus seinem Bürostuhl erhebt und zur Flip-Chart geht, die hinter seinem Schreibtisch an der vier Meter langen Wand, extra für Fotos und Notizen angebracht wurde. Neben den Tatortfotos pinnt Kröger den Zettel und dokumentiert: „Erstens, am Gebäude konnten keine Einbruchsspuren festgestellt werden. Entweder öffnete unsere Oma Magda dem Täter, beziehungsweise Täterin, die Tür, oder er, sie, besitzt einen Schlüssel zum Haus. … Zweitens, die Inhaberin vom Obst und Gemüseladen, Frau Guericke, sagte aus, dass sie gestern um achtzehn Uhr das Geschäft verlassen und heute Morgen um sechs den Laden mit frischer Ware bestückt hat. Sie hat die alte Frau Furchner weder gesehen, noch gehört. Zu besagter Tatzeit war sie angeblich zu Hause. Alibi, ihr Sohn.

Bestürzung, wegen dem Tod der alten Dame, Fehlanzeige.“
Mit dem schwarzen Stift malt Kröger einen Pfeil und schreibt darunter Tischlerei. „Drittens, beide Objekte sind von Frau Furchner verpachtet. Die Tischlerei gehört einem gewissen Günther Zacharias. Am Wochenende ist die Tischlerei geschlossen. Ich habe mit Herrn Zacharias telefoniert. Er nimmt gerade mit seiner Tochter an einem Hundeführerkurs teil, versucht sich da auszuklinken und in ungefähr einer Stunde hier zu sein. … Louis, was konntest du über Omas Neffen, Frank Dittmer, rauskriegen?“
„Oh, so einiges. Frank Dittmer ist vorbestraft wegen Körperverletzung. Kneipenschlägerei im Dezember 2015 und Führerscheinentzug wegen Alkohol am Steuer ein Jahr zuvor. Er machte einen Entzug und legte die MPU ab“, antwortet Louis.
Mit dem Zeigefinger stupst Kröger seine Brille auf der Nase etwas höher und zieht seine buschigen, grauen Augenbrauen hoch. „Den Burschen müssen wir genauer unter die Lupe nehmen. Außerdem sollten wir in der Vergangenheit unserer Oma stöbern. Ich vermute, dass sie sehr vermögend war.“

Kröger macht eine Pause und trinkt einen Schluck abgestandenen Kaffee aus der Tasse ohne zu meckern. „Weder Handy noch ein Computer konnte im Haus sichergestellt werden. Die Anrufliste der ausgehenden Anrufe vom Festnetzanschluss war leer. Lediglich eine Nachricht von Frank Dittmer befand sich auf dem Anrufbeantworter, dass er seinen Besuch für heute ankündigte.“
Auf Louis Gesicht huscht ein Lächeln. „Ich könnte nochmal zu Angelina Hommel fahren und sie ein bisschen ausfragen. Vielleicht weiß sie etwas über den Verbleib von Oma Magdas Handy und Computer. Der Onkel, John Smith erzählte mir, dass Angelinas Verhältnis zur Oma sehr innig war und ihr Vater, ist der bekannte Rechtsanwalt Roland Hommel. Angeblich war Oma Magda seine Mandantin. Er erledigte für sie sämtliche Korrespondenz und so weiter.“
„Ach, das ist ja interessant“, staunt Kröger. „Okay Louis, du machst dich auf den Weg zu Angelina Hommel und ich unterhalte mich in der Zwischenzeit dem Tischler Günther Zacharias, wenn der eintrifft. Frag die Kleine auch nach Omas Krankengeschichte. In der Küche am Kühlschrank

hing ein alter, vergilbter Terminzettel von der Arztpraxis Dammann in Salzdetfurth. Die Hausarztpraxis ist jedoch seit vier Monaten geschlossen. Doktor Dammann ging in Rente und bisher übernahm kein neuer Arzt die Praxis."
Voller Vorfreude Angelina wiederzusehen verlässt Louis das Büro. Sofort beginnt er zu grübeln. ‚Ob Normen bemerkt hat, dass ich Angelina mag? Hoffentlich nicht, sonst lässt er mich nicht mehr in ihre Nähe.'
„Louis! Louis! Bring auf dem Rückweg Pizza mit, es wird eine lange Nacht für uns! Wie immer mit Thunfisch und Oliven!", ruft Kröger ihm hinterher.
In seinen Gedanken ertappt, dreht Louis sich hektisch um. „Geht klar, Kollege!"
‚Igitt Thunfisch und Oliven. Schnell weg, bevor er noch Apfelsaft bestellt', denkt Louis und macht sich aus dem Staub.

…

Kapitel 6 – Wer sucht, der findet

Angelina, Samstagabend

„Bibi, halte da drüben an, wir verstecken das Auto hier am Waldrand“, dirigiert Angelina.
„Hä, warum?“
„Wegen den Reifenspuren und weil eventuell Frank im Haus sein könnte.“
„Angel, du liest zu viele Krimis.“
„Babe, wir sind mittendrin.“
Angelina schließt den Reißverschluss ihres Sweatshirts und zieht die Kapuze hoch. „Wir stapfen durch das kleine Waldstück bis zur Weide. In der Scheune, bei den Eseln, hängt der Kellerschlüssel.“
„Du meinst, wir schleichen durch den Keller nach oben“, fragt Bianca ungläubig.
„Jepp, der wird schon nicht versiegelt sein. Und wenn schon, den Keller kontrolliert doch sowieso niemand.“
Bianca parkt den dunkelblauen Kombi zwischen Grünstreifen und Waldrand. Sie stellt den Motor und die Scheinwerfer aus. „Mir ist irgendwie

mulmig bei der Sache und es ist dunkel. Hörst du das Donnergrollen? Ein Gewitter ist im Anmarsch und ich habe keine Lust im Wald einem Wildschwein zu begegnen."
„Du wolltest doch erst in der Dämmerung hierher. Außerdem, hier unten sind keine Wildschweine, die sind oben am Bosenberg und ich kenne die Wege hier blind", widerspricht Angelina.
Bianca zeigt auf ihre Schuhe. „Ich kann aber unmöglich mit den Sandalen durch den Wald laufen. Die haben hohe Absätze und außerdem sind dann die teuren Schuhe dahin."
Angelina seufzt. „Hör auf zu jammern, hol lieber deine Taschenlampe aus dem Kofferraum."
„Ja, ja, schon gut. Die Turnschuhe sind hinter dem Beifahrersitz. Gib sie mir mal rüber."
„Wusste ich´s doch! Kannst du zufällig auch zwei Regenjacken herbeizaubern?", grinst Angelina.
„Nein, natürlich nicht. Ich konnte ja nicht ahnen, auf welche Schnapsidee du kommst."
„Wenn wir das Gewitter nicht abkriegen wollen, sollten wir uns beeilen. Bis zum Haus brauchen wir ungefähr fünfzehn Minuten", spornt Angelina Bianca an.

Sie steigen aus dem Auto. Bianca wechselt die Schuhe, während Angelina die Taschenlampe ausprobiert und mit dem Lichtstrahl ihrer Freundin mitten ins Gesicht leuchtet. „Funktioniert, los geht´s in die Nachtwanderung. Komm, reich mir deine Hand. Ich lasse nicht los, Indianerehrenwort."
Eng nebeneinander stapfen sie den schmalen Trampelpfad durch den Wald entlang. Sie treten auf kleine Äste, die sie unter ihren Schuhen knacken hören. Der Wind wird stärker. ‚Scheiße, ist mir kalt und gleich fängt es an zu pladdern. Hoffentlich hält Bibi durch', denkt Angelina und läuft automatisch schneller, um ans Ziel zu kommen.
Ihre Augen gucken angestrengt auf den Weg, damit sie nicht stolpern. Von weitem hören sie laute Belllaute. Angelina kann förmlich spüren, wie Biancas Körper zittert. „Keine Angst, das ist Rehwild. Es hört sich nur an wie Hundegebell. Die Rehe warnen ihre Artgenossen", versucht Angelina Bianca zu beruhigen.
„Und was ist das für schrilles Schreien da hinten?"
„Das ist ein Fuchs", erklärt Angelina.
„Ein Fuchs!"
„Ja, pst."

„Oh je, auf was habe ich mich eingelassen“, nörgelt Bianca.
„Pst, wir sind gleich da, … guck da ist schon der Weidezaun.“
„Ist da Strom drauf?“
„Nein, die Esel wurden bereits abgeholt.“
Mühsam bahnen sie sich den Weg durch das hoch gewachsene Gras bis zum Tor. Geschickt entriegelt Angelina den oberen Griff, der am Pfosten befestigt ist und hüpft über die untere Litze hinweg. Bianca tut es ihr nach, nimmt Angelina den Griff ab und hängt ihn wieder an.
Huu-hu-huhu-huu. Huu-hu-huhu-huu.
„Angel, was ist das? Bleib stehen! Hör doch mal!“, schreit Bianca ängstlich.
„Du Schissböchs, komm schon, … das ist ein Waldkauz. Kiwitt, komm mit. Man nennt ihn auch den Totenvogel.“
Bianca schüttelt sich. „Gruselich.“
Mit dem mittlerweile versiedenden Lichtstrahl der Taschenlampe leuchtet Angelina über die Weidefläche zur Hütte hin. „Mist, die Batterien sind fast leer. … Scheiße! Scheiße!“
„Warum fluchst du?“
„Ich bin in Eselkacke getreten.“

„Scheiße! Ich auch."
„Egal, komm weiter."
Angelina drückt Bianca die Taschenlampe in die Hand und geht auf die linke hintere Ecke im Schuppen zu. „Leuchte mal nach da oben", weist sie Bianca an, stellt sich auf die Fußspitzen und hangelt nach der kleinen Schachtel, die in der Nische versteckt ist.
Flink öffnet Angelina das Schächtelchen und entnimmt den Schlüssel. „Los Beeilung! Vielleicht schaffen wir es noch vor dem Regenguss im Haus zu sein."

„Schwein gehabt, die Tür ist nicht versiegelt," flüstert Angelina und schließt die Kellertür auf.
„Stopp, wir sollten die Schuhe ausziehen", hält Bianca Angelina zurück.
Gleichzeitig greift sie in die Tasche ihres Kapuzenshirts und zieht Vinyl Handschuhe raus. „Und Handschuhe anziehen."
„Wo hast du die denn her?"
„Aus der Putzkammer der Rehaklinik. Schließlich denke ich mit."
Angelina stupst ihre Freundin an. „Du bist einfach genial!"

Schemenhaft nimmt Angelina den Raum wahr. Rechts steht das Regal mit den Vorräten. Gläser stapeln sich mit eingekochten Bohnen, Karotten, zig Sorten Marmelade und Obstsäfte. Vorsichtig tastet sie sich am Regal entlang bis zur Treppe vor. Angelina spürt Biancas warmen Atem im Nacken. Vorsichtig tritt sie auf die erste Stufe der Holzstiege. Es knarrt. „Bibi, bleib hinter mir, es sind zwölf Stufen. Eins, zwei, drei, … wir sind oben."
Sachte drückt Angelina die Klinke der Dielentür runter, öffnet die Tür nur so weit, dass ihr Kopf durch den Spalt passt, linst und lauscht in die Diele. „Die Luft ist rein."
Flott geht sie, vorsichtshalber sich nach allen Seiten umschauend, in die Wohnstube, gezielt auf Magdas Schreibtisch zu und knipst die Schreibtischlampe an. Mit Schwung zieht Angelina die oberste Schublade auf und wühlt darin. „Angel, was suchst du?", fragt Bianca.
„Batterien für die Taschenlampe. Schließlich müssen wir ja noch den Weg zurücklaufen. Hier sind welche. Tausch die mal aus."
„Ja, okay."
Angelina wühlt weiter. Zum Vorschein kommt eine Haarbürste. „Nanu, was macht die denn in der

Schublade? Das ist doch die Haarbürste, die ich Oma Magda gestern geschenkt habe."
„Angel, ist doch egal, steck die Bürste einfach ein."
Grinsend hebt Angelina die Hand hoch. Zwischen ihren Fingern baumelt ein goldener Schlüssel. „Da bist du ja, …gefunden!"
Sie schaut in Biancas fragendes Gesicht. „Frag nicht, folge mir."
Auf Zehenspitzen staksen sie die Holztreppe hinauf ins Obergeschoss. Auf direktem Wege geht Angelina in Magdas Schlafzimmer und steuert auf die Frisierkommode zu, über der ein goldgerahmter Spiegel hängt. Sie nimmt den Spiegel von der Wand. Zum Vorschein kommt ein in der Wand eingelassener Safe. Angelina steckt den Schlüssel ins Schloss und murmelt: „Sesam öffne dich", dreht den Schlüssel und die Tür springt auf.
Mit weit aufgerissenen Augen starrt sie in den Safe. Zorn steigt in ihr auf. „Nichts! … Nur ein altes Fotoalbum!"
Ungläubig blickt Angelina Bianca an, als wenn der die Lösung im Gesicht geschrieben stände. Ratlos zuckt Bianca die Schultern. „Was hast du erwartet zu finden? Geld?"

„Quatsch! Hier drin war Magdas Testament und die Grundbucheintragungen vom Haus, Gewerbe und so weiter!“
„Vielleicht sind die Unterlagen bei deinem Vater in der Kanzlei?“, versucht Bianca sie zu besänftigen.
„Oder Frank hat die Akten mitgenommen!“, kreischt Angelina aufgebracht.
„Weiß der denn von dem Versteck?“
„Keine Ahnung, um das rauszukriegen, müssen wir in die Kanzlei.“
„Angel, warum fragst du nicht einfach deinen Vater?“ Energisch schüttelt Angelina den Kopf. „Im Leben nicht!“
Bianca hält den Zeigefinger vor den Mund. „Pscht, … hörst du das auch?“
„Was? Hörst du wieder Gespenster? Ist doch nur das Gewitter.“
Geduckt geht Bianca zum Fenster, schiebt die Gardine ein Stück zur Seite und schaut auf den Hof. „Nein, nein, ein Pickup. … Er hält vor der Tischlerei und ein Mann steigt aus. Schnell! Mach die Taschenlampe aus.“
Eilig greift Angelina in den Safe, holt das Album raus, verschließt die Tür und hängt den Spiegel zurück an Ort und Stelle. „Los, beeil dich, es kommt

noch ein Taxi und das hält hinter dem Pickup an", flüstert Bianca.
Angelina stellt sich neben sie. „Das kann nur der Günther Zacharias sein. Er öffnet das Werkstatttor."
Sie beobachten, wie sich die Wagentür des Taxis öffnet und eine zierliche, dunkelgekleidete Gestalt steigt aus. Die Gestalt folgt humpelnd dem Mann in die Tischlerei. „Das ist Constanze, … die humpelt", brummt Angelina. Nun ist ihre Neugier erst recht geweckt. „Ich möchte zu gern wissen, was Constanze mit dem Zacharias zu tun hat und was die beiden hier in der Werkstatt treiben."
Bianca ergreift Angelinas Hand. „Ich auch. Alles sehr mysteriös. Angelina, ich helfe dir, egal was passiert. Versprochen."
Das Gewitter ist vorüber. Ab und zu sehen sie am Horizont noch vereinzelte Blitze und hören das Regenwasser durch die Dachrinne in die Regentonne plätschern, hinter der sie sich verstecken. „Bibi, bleib dicht hinter mir", flüstert Angelina und schleicht voran, an der nassen Hauswand entlang, bis zum Schiebetor der Tischlerei.

Die Laterne über dem Tor spendet gerade so viel Licht, dass Angelina durch den geöffneten Spalt gucken kann. Sie spitzt die Ohren und lauscht Günther Zacharias Worten: „Die Polizei hat mich vernommen. Würde mich nicht wundern, wenn die hier auch noch rumschnüffeln. Außerdem schulde ich Magda Geld. Das kriegen die bestimmt raus."
Constanze antwortet ihm: „Ach, mach dich nicht ins Hemd, Günther. Man kann sich Geld leihen, von wem man will, ist schließlich nicht strafbar. Wichtig ist, dass ich den Stick wiederfinde!"
„Was für ein Stick? Wovon redest du?", fragt Zacharias ahnungslos.
Plötzlich muss Angelina nießen. „Hatschi."
„Hast du das gehört? Da ist doch jemand!", kreischt Constanze.
Geistesgegenwärtig schiebt Angelina das Tor zu, klappt den Riegel um und drückt das Vorhängeschloss mit dem vergessenen, dranhängenden Schlüsselbund zu. „So, ihr könnt hier drin erstmal schmoren, bis ihr schwarz seid. Komm Bibi, wir verschwinden."

Angelinas Telefon klingelt. Mit schläfriger Stimme meldet sie sich: „Hallo."
„Hier ist Kommissar Awolowo. Wo sind Sie, Angelina?"
„Ich bin bei meiner Freundin Bianca."
„Ist alles in Ordnung bei Ihnen? Ich stehe vor Ihrer Wohnungstür und wollte mit Ihnen sprechen."
„Um diese Zeit? Ja, alles in Ordnung. Ich bleibe über Nacht bei meiner Freundin."
„Hm, … bitte melden Sie sich morgen bei mir. Ich habe noch ein paar Fragen", sagt Kommissar Awolowo.
„Ja, mach ich", antwortet Angelina gelassen.
„Dann wünsche ich Ihnen gute Nacht."
„Danke, gleichfalls, Herr Kommissar."
Bianca lacht. „Angel, du kannst lügen ohne rot zu werden."
„Stimmt nicht, schwindeln nennt man das", protestiert Angelina. „Lass uns nach Hause fahren, wir haben morgen viel vor."

…

Kapitel 7 – Hinweis für Louis

Kommissar Louis Awolowo, Samstagnacht

Louis lehnt sich in seinem Schreibtischstuhl zurück und schaut aus dem Fenster. Er denkt über das Telefonat mit Angelina nach. ‚Warum habe ich das Gefühl, dass sie mich anschwindelt? Was hat sie nur an sich, das mich fasziniert.‘

Unerwartet kommt Polizeianwärterin Sabrina ins Büro gestürmt und reißt ihn aus seinen Gedanken. „Kommissar Awolowo, ich habe wieder einen Umschlag für Sie. Leider ist mir der Junge entwischt“, berichtet sie aufgebracht.

Mit Schwung dreht sich Louis zu ihr um. „Warum das denn?“

Sabrina äfft den Jungen nach: „Er stand wie ein Cowboy, mit gespreizten Beinen, die Hände in die Hüfte gestemmt, vor mir und trotzte. … Ihr könnt mich nicht verhaften, ich bin erst zwölf. … Ich konnte nicht mal bis drei zählen, weg war er.“

Louis lacht. „Gib schon her.“

Sie reicht ihm den Umschlag. „Tut mir echt leid. … Wo ist Hauptkommissar Kröger?“

„Zu Hause, er muss sich hin und wieder bei seiner Frau blicken lassen, ansonsten liegen irgendwann die Scheidungspapiere auf seinem Kopfkissen. … Können Sie den Jungen beschreiben?“
„Logisch, etwa ein Meter sechzig, dunkelblonde Haare, braune Augen, Sommersprossen, eine lange Narbe auf der linken Wange, blaue Jeanshose und Jacke“, antwortet Sabrina.
Louis liest den Satz, der auf dem Zettel steht vor: „Eingeschlossen in der Tischlerei.“
„Damit ist bestimmt die Tischlerei Zacharias, im Fall Oma Magda, gemeint“, meint Sabrina.
Er greift nach dem Autoschlüssel und wetzt an ihr vorbei. „Gut kombiniert, Sabina. Ich fahre da hin.“

Ein schwarzer Pickup parkt vor der Tischlerei. Louis stellt sein US-Car dahinter ab und steigt aus. Im Gebäude sieht er Licht. Instinktiv zieht er die Waffe aus dem Holster und läuft zum Fenster. Angespannt schaut Louis durch die verdreckte Fensterscheibe. Er erkennt einen Mann, neben ihm eine Frau, beide an Händen und Füßen gefesselt, auf Barhockern sitzend. „Shit“, flucht Louis, pirscht zum Tor vor und wundert sich. ‚Wieso hängt ein

Schlüsselbund im Schloss? Der Täter muss entweder weg sein, oder hier auf dem Grundstück rumschleichen.'
Louis entscheidet sich, erst das Grundstück abzusuchen. Seine Sinne sind geschärft. Schritt für Schritt tastet er sich vor, sucht mit den Augen, die sich an die Finsternis gewöhnt haben, jeden Meter von Magdas Haus und dem benachbarten Gebäude ab. Louis späht in alle Richtungen, bis er wieder das Hallentor erreicht. Lautlos hängt er das Schloss ab, steckt den Schlüsselbund in seine Jackentasche und schiebt das Tor auf. Nur so weit, dass er sich hindurchzwängen kann. Zwei Augenpaare sind auf ihn gerichtet, oder eher auf seine Waffe?
„Mm, mm", druckst der Mann.
Forsch geht Louis auf die Beiden zu. „Ist noch jemand hier?"
Mit aufgerissenen Augen schaut die Frau ihm ins Gesicht. Ihre Nasenflügel beben. Sie schüttelt den Kopf. „Ich bin von der Polizei, keine Angst", beruhigt Louis die Frau.
Er zieht erst ihr, dann dem Mann das Klebeband vom Mund. Sie röchelt. „Mein Asthmaspray, in der Manteltasche. Bitte schnell."

Louis durchsucht die Taschen, findet das Spray und hält es der Frau an den Mund. Tief atmet sie die Dosis ein und beruhigt sich. „Brauchen Sie einen Arzt?“, fragt Louis besorgt.
„Nein, danke. Geht schon.“
„Ich erlöse Sie jetzt von den Fesseln. Bitte folgen Sie mir nach draußen“, fordert Louis, schneidet mit einem Taschenmesser die Fesseln durch und geht vor zum Tor.
Währenddessen drückt er in seinem Handy die gespeicherte Nummer des Polizeireviers. „Sabrina, bitte hol mir den Kröger aus dem Bett und schick eine Streife zur Tischlerei“, weist Louis seine Kollegin an.
„Die Streife ist bereits unterwegs. … War das wörtlich gemeint?“, fragt Sabrina.
„Was?“
„Das ich den Kröger aus dem Bett holen soll.“
„Ja, logisch. Wie ist mir doch egal“, schmunzelt Louis.
Gespräch beendet.
Er wendet sich wieder der Frau und dem Mann zu. „Ich bin Kriminalkommissar Louis Awolowo. Sagen Sie mir bitte, wie Sie heißen und was hier passiert ist.“

„Das ist meine Tischlerei, ich bin Günther Zacharias. Heute Nachmittag war ich bei Hauptkommissar, Herrn Kröger, auf dem Polizeirevier."
„Und ich bin Constanze Tessin", stellt die Frau sich vor. „Magda Furchner war meine beste Freundin. Glauben Sie mir, ich bin so bestürzt über ihren Tod, da musste ich mich einfach mit Herrn Zacharias treffen. Wir kennen uns schon so lange. Das verstehen Sie doch sicher, Herr Kommissar Awolowo."
Mit Absicht geht Louis nicht auf die Trauermasche ein. „Frau Tessin, wie haben Sie denn von dem Tod Ihrer Freundin erfahren?"
„Angelina, Magdas Enkelin war bei mir."
Louis verzieht keine Miene. „So, so, Angelina Hommel. … Meine Kollegen müssen jeden Moment eintreffen. Wir benötigen von Ihnen gemeinsam eine detaillierte Aussage zum Geschehen, Täterbeschreibung und so weiter. Nur so können wir beurteilen, ob ein Zusammenhang mit dem Tod Ihrer Freundin besteht."
Aufgebracht stammelt Constanze Tessin: „Aber, ich muss zurück in die Rehaklinik."

„Keine Sorge, das kläre ich schon, Frau Tessin. Wichtig ist doch, dass Ihnen nichts passiert ist.“

Und schon treffen die Kollegen der Polizeiwache ein.

…

Kapitel 8 – Ermittlungen

Kommissar Louis Awolowo, Sonntag, 5. Aug. 2018

Hauptkommissar Normen Kröger wischt sich mit dem Finger klebrige Erdbeermarmelade von seinem Oberlippenbart. „Mm, lecker. Ist sehr nett von dir, Sabrina, dass du uns mit Frühstück überrascht hast." Polizeianwärterin Sabrina senkt den Blick. „Ich musste ja was gutmachen, nachdem mir der Junge ein zweites Mal entwischt ist."
Kröger wendet sich an Louis. „Du bist so still? Müde?"
„Ja, das auch. Ich gehe im Kopf die Aussagen von dem Tischler und Frau Tessin durch", antwortet er und legt das Croissant zurück auf den Teller.
Louis geht zur Flip Chart und tippt mit dem Zeigefinger auf das Bild von Günther Zacharias. „Ich erinnere mich genau an seine Aussage, dass ein fremder, maskierter Mann ihn und Frau Tessin überfiel und Bargeld aus der Geldkassette, die in

seiner Schreibtischschublade verstaut war, mitnahm. Ungefähr Tausend Euro."
Nun tippt Louis auf Constanze Tessins Foto. „Die Aussage von Frau Tessin hingegen war eine Andere. Sie erzählte nämlich, dass sie und der Zacharias schon vorher eingesperrt wurden. Von wem, weiß Frau Tessin allerdings nicht. Daraufhin rief Zacharias, Magdas Neffen an, weil der einen Zweitschlüssel von allen Gebäuden besitzt."
Louis Finger wandert zu Frank Dittmers Bild. „Der kam und geriet mit Zacharias in einen heftigen Streit. Dittmer beschuldigte ihn, mit dem Tod von Oma Magda zu tun zu haben. Angebliche Geldschulden bei ihr für unsichere Investitionen. Ein Wort ergab das Andere. Daraufhin wurde Dittmer so wütend, dass er beide fesselte und sich das Geld aus der Geldkassette in die Tasche steckte. Er setzte dem Zacharias eine Zahlungsfrist für den Rest. Um welche Summe und Investitionen es sich handelt, weiß Frau Tessin angeblich nicht."
Louis macht eine kurze Erzählpause, um das Gesagte bei Normen Kröger und Sabrina wirken zu lassen. Seine Kehle ist trocken. Hitzig trinkt er einen Schluck aus der Wasserflasche und fährt fort. „Letztendlich widerrief Zacharias die erste

Darstellung von der Zorro-Geschichte und bestätigte die Version von Frau Tessin. Wie hoch seine Schulden sind, dazu äußert er sich nicht. Ich denke, das kriegen wir aber auch ohne ihn raus. Jedenfalls schwört der Zacharias, dass Oma Magda seine Seelenverwandte war und er sich stets freundschaftlich um sie gekümmert hätte."
Sabrina schüttelt den Kopf. „Ha! Ha! die hauen sich gegenseitig in die Pfanne. Jeder schiebt dem anderen den schwarzen Peter zu. Zudem, was spielt der Junge mit der Nachricht für eine Rolle bei dem Geschehen? Das lässt mir keine Ruhe!"
Kröger und Louis Blicke treffen sich. „Sabrina, lass gut sein. Das Rätsel wird schon noch gelöst", erwidert Kröger, „außerdem, Günther Zacharias hat ein stichfestes Alibi. Er saß mit seiner Tochter zum Essen im Restaurant AKROPOLIS. Das habe ich bereits überprüft."
„Frau Tessin benimmt sich wehleidig und tut auf trauernde Freundin. Irgendwie nehme ich ihr das nicht ab", gibt Louis seine Zweifel zu.
„Warum nicht?", fragt Sabrina.
„Ist so ein Bauchgefühl", antwortet er.

„Ich bin mal gespannt, ob die Fingerabdrücke, die die Spurensicherung im Haus fand, mit denen von den Beiden übereinstimmen", sagt Sabrina spitz.
Baff zieht Kröger die Augenbrauen hoch, stupst seine Brille auf die Nasenspitze und schaut über die Brillengläser hinweg, Sabrina an. „Du hast doch nicht etwa?"
„Doch, sie haben hier jeder ein Glas Mineralwasser getrunken. Die Gläser habe ich zum Abgleich in die Spurensicherung geschickt."
Krögers Ton ist scharf: „Einfach so? Ohne das vorher mit uns abzusprechen!"
Sabrina nickt. „Wir sind doch bei den Guten und kleine Sünden fallen durch das Raster, oder?"
„Das nächste Mal, kläre das bitte mit uns vorher ab", ermahnt Kröger.
„Tut mir leid, kommt nicht wieder vor"; entschuldigt sie sich.
„Okay, Schwamm drüber. Warten wir auf das Ergebnis", lenkt Louis schnell ein und wirft seinem Kollegen einen spitzbübischen Blick zu.
Den letzten Kaffeerest gießt sich Kröger in die Tasse. „Ich fahre gleich Oma Magdas Neffen einen Besuch abstatten. Sein Alibi, zur Tatzeit in der

Kneipe ZUM STÖRY gewesen zu sein, will ich vor Ort überprüfen."
„Kann ich mitkommen?", fragt Sabrina.
„Nein, du hattest die ganze Nacht Wache. Fahr nach Hause und schlaf dich aus. Louis, du auch", ordnet Kröger an.
„Kommt gar nicht in Frage! Ich komme mit", protestiert Louis.
Louis erhascht einen mürrischen Blick seines Kollegen, den er einfach ignoriert. „Du darfst auch mein Auto fahren", erwidert er stattdessen und wirft ihm den Autoschlüssel zu.

Das Navigationssystem lotst die Kommissare die Landstraße über den Weinberg entlang. An einer Abzweigung biegt Kröger nach Störy ab. Forsch braust er an der Gabelung vorm Ortseingangsschild vorbei. „Stopp! Hier hättest du abbiegen müssen", sagt Louis und zeigt auf den Bildschirm.
„Quatsch", antwortet Kröger, „das ist ein Feldweg. Links und rechts Gräben, weit und breit nur Felder."

„Normen, guck doch richtig hin. Wir sind hier in einem Kuhdorf. Diese Zufahrt führt direkt zu Dittmers Haus. Um was wollen wir wetten?“
Seufzend wendet Kröger das Auto und biegt in den Weg ein. „Mit dir wette ich nicht mehr, du gewinnst ständig.“
Im zweiten Gang fährt Kröger langsam den Schotterweg bergauf, bergab, unmittelbar auf ein blaues Schwedenhaus zu. Ein großer Schäferhund kommt bellend auf sie zugelaufen. Kröger tritt auf die Bremse und stellt den Motor aus. Louis merkt sofort, dass sein Kollege zögert, auszusteigen. Er dreht sich zu ihm um. „Los, komm schon. Hunde die bellen, beißen nicht.“
„Ha, ha, ha, du Witzbold. Ich wurde mal von einem Hund gebissen.“
Frank Dittmer erscheint auf der überdachten Veranda. Er trägt Motorradkluft. Louis öffnet die Wagentür und steigt aus. „Guten Morgen, können Sie bitte ihren Hund zurückpfeifen.“
„Herr Kommissar, warum sollte ich das tun? Sie sind auf meinem Grundstück.“
„Ach, Sie haben uns erkannt.“
„Na, klar, … Cooper Komm her!“, ruft Dittmar den Hund zu sich.

Widerwillig kehrt der Schäferhund um und läuft schnurstracks zu seinem Herrchen. Er legt sich neben ihm ab, ohne die Besucher auch nur einen Moment aus dem Blick zu lassen.
Gemeinsam gehen sie auf Dittmer zu, bleiben aber mit ausreichend Abstand vor ihm stehen. Louis vernimmt, wie Kröger erleichtert ausatmet. Dennoch bleibt sein Tonfall ganz professionell. „Herr Dittmer, kommen wir gleich und ohne Umschweife zum Thema. Sie besuchten gestern Abend Günther Zacharias in seiner Tischlerei. Die Freundin Ihrer Tante, Frau Tessin, war auch zugegen. Nun möchte ich Ihre Version der Geschichte hören."
Dittmers Reaktion entgeht ihnen nicht. Erst kratzt der sich ausgiebig am Hinterkopf, dann fährt er mit der Hand über seinen langen Ziegenbart. „Okay, da ich mir den Weg nun sparen kann, dorthin zu fahren, um die beiden frei zu lassen, … treten Sie ein in meine Stube. Möchten Sie einen Kaffee trinken?", bietet er an.
„Ja, gern, wenn Ihr Hund uns nicht zu nahekommt", antwortet Kröger unvermittelt.

„Nein, so lange Sie mir nicht an die Wäsche gehen ist Cooper ganz brav. Nehmen Sie Platz“, fordert Dittmer sie auf und zeigt auf eine Kücheneckbank. Er nimmt drei Henkelbecher vom Wandregal und schenkt Kaffee aus einer geblümten Kaffeekanne, die wahrscheinlich aus Omas guten alten Zeiten übriggeblieben ist, ein. „Die Bohnen sind frisch gemahlen und aufgebrüht, darauf lege ich morgens immer wert. Soviel Zeit muss sein.“
Louis bleibt abseitsstehen und überlässt seinem Kollegen die Gesprächsführung. Aufmerksam hört er dem Gespräch zu. Währenddessen wandern seine Augen interessiert die Wohnstube ab. Er erkennt gleich, dass die alten Holzmöbel aufgearbeitet sind. Der gesamte Wohnbereich ist gemütlich eingerichtet und blitzsauber. Im Bücherregal stehen Sachbücher neben historischen Büchern. Dittmers Schreibtisch wirkt auf den ersten Blick aufgeräumt und ist mit einem Computer älteren Modells ausgestattet. ‚Schönes Haus, hier könnte ich mich auch wohl fühlen. Diese Sauberkeit passt gar nicht zu Dittmers ungepflegter Erscheinung‘, denkt Louis und schaut zu ihnen rüber.

„Mm, sehr gut. Sie haben Recht, selbstgebrühter Kaffee schmeckt immer noch am besten“, gibt Kröger zu, nachdem er den Kaffee probiert hat.
Dittmer setzt sich neben ihn. „Günther schuldet Tante Magda viel Geld. Sie sollten mal in den Anbau der Tischlerwerkstatt schauen.“
„Warum? Was finden wir da?“, fragt Kröger neugierig.
„Günther war mein bester Freund, bis er, … sagen wir mal, sich mit den falschen Freunden zusammengetan hat. Er nutzte Tante Magdas Gutmütigkeit aus. Das war zwischen mir und Tante Magda ein ständiges Streitthema.“
Kröger lehnt sich zurück. „Erklären Sie mir das mal genauer, Herr Dittmer.“
„Im Anbau der Tischlerwerkstatt stehen zig Retro-Geldspielautomaten aus den Siebziger und Achtziger Jahren, die Günther ankauft, restauriert und die Geldspeicher auf Euro umbaut. Schöne Dinger, gebe ich zu, trotzdem, so einige gutgläubige Rentner aus dem Dorf, einschließlich meiner naiven Tante, sponsern das Projekt, probieren die Spielgeräte regelmäßig aus und stecken ihre hart verdiente Rente da rein. Und das nicht zu knapp.

Nach einiger Zeit werden die Dinger von einer Firma abgeholt“, erzählt Dittmer.
Kröger stutzt. „Wissen Sie von welcher Firma?“
„Ich habe einen Verdacht, jedoch sage ich dazu nichts. Das müssen Sie schon selber herausfinden, Herr Kommissar.“
„Hauptkommissar“, verbessert Kröger, „das ist aber kein Grund, Geld aus der Handkasse einzustecken und Herrn Zacharias, samt Frau Tessin gefesselt einzusperren? Schließlich erben Sie bald ein beträchtliches Vermögen.“
„Ach, Herr Hauptkommissar, das eine hat mit dem anderen nichts zu tun. Ich wollte lediglich erreichen, dass Günther und Constanze Zeit zum Nachdenken haben. Darum nahm ich das Geld. Es gehörte schließlich Tante Magda. Haben die etwa Anzeige erstattet?“
„Nein, trauen Sie denn Ihrem alten Freund Günther den Mord an Ihrer Tante zu?“, fragt Kröger die eine entscheidende Frage.
Dittmer lacht höhnisch. „Im Leben nicht. Günther ist naiv, der glaubt noch nicht mal daran, dass er sich mit den Spielautomaten strafbar macht.“
„Und was halten Sie von Frau Tessin?“

„Viel Privates von ihr weiß ich nicht, geschieden, eine erwachsene Tochter, die in Bayern lebt. Wenn ich ihren Charakter beschreiben soll … Sie ist arrogant, berechnend und gewieft. In jedem Fall steckt Constanze in der Geldspielgeräte-Nummer mit drin“, behauptet Dittmer.
Nach einer kurzen Pause fügt er hinzu: „Constanze arbeitet in der Baufirma Brandtner. Sie ist die Sekretärin von Xenia Brandtner und glaubt, sie ist in der Firma die zweite Chefin, weil sie früher die rechte Hand vom Alten, Otto Brandtner Senior, war. Constanze kennt Xenia schon, da hat die noch in die Windeln gepupst. Und vor kurzem berichtete mir Tante Magda, dass Xenia mit einem Niederländer, der bei Brandtner als Architekt arbeitet, liiert sein soll.“
Louis hat alle Beobachtungen und Erzählungen in sein I-Pad notiert. Er sieht, dass Kröger vom Platz aufsteht. Anscheinend sieht sein Kollege das Gespräch als beendet an und reicht Frank Dittmer die Hand. „Das waren doch schon eine Menge Informationen. Danke, Herr Dittmer. Bitte halten Sie sich weiterhin zu unserer Verfügung. Auf Wiedersehn.“

Dittmer begleitet sie hinaus. „Tschüss, ... übrigens, vor meinem Cooper brauchen Sie absolut keine Angst haben. Er ist lammfromm und würde nur Einbrecher in die Flucht schlagen."
Mutig streichelt Louis dem Schäferhund über den Kopf. Kröger schaut skeptisch zu. Kurzweg fällt Louis etwas Wichtiges ein. „Eine Frage hätte ich aber auch an Sie, Herr Dittmer. Wie gut kennen Sie Angelina Hommel?"
Dittmer hüstelt gekünstelt. „Angelina? ... Angelina ist seltsam. Sie spricht mit ihrer toten Mutter und mit Engeln. Es verging kein Tag, an dem Angelina nicht bei Tante Magda war. Irgendwie tut die Kleine mir leid. Zu allem Übel wird sie auch noch von ihrem Onkel gezwungen, den Friseursalon zu übernehmen, obwohl sie das gar nicht will."
„Danke, Herr Dittmer", antwortet Louis, „wenn wir noch weitere Fragen haben, melden wir uns."
Als sie zum Auto gehen, fragt Louis: „Normen, glaubst du ihm?"
„Ich denke schon. Du nicht?"
„Teilweise, ... ich glaube, in der ruppigen Schale steckt ein weicher Kern. Wie denkst du über ihn?"
„Ich will erst sein Alibi in der Kneipe überprüfen, welches er gestern zu Protokoll gegeben hat.

Abwarten, was dabei herauskommt. Dann erlaube ich mir ein Urteil“, begründet Kröger.
„Einen Durchsuchungsbeschluss für die Tischlerei zu bekommen, nur aufgrund Frank Dittmers Aussage, wird schwer werden“, vermutet Louis.
„Da stimme ich dir zu. Lass uns die Karten legen, wenn wir zurück sind.“

Sie betreten die Kneipe ZUM STÖRY. Hinter dem Tresen zapft der Wirt Bier. Kröger bestellt zwei Cola und unterhält sich mit dem korpulenten Mann. Währenddessen schaut sich Louis in der Kneipe um. ‚Ein wenig in die Jahre gekommen, der Schuppen. Jedoch sauber und urig‘, denkt er und beobachtet einige Herren, die in der hintersten Ecke an einem runden Holztisch zusammenhocken. Sie unterhalten sich lautstark über die Neuwahl zum Vorsitzenden des Kohlmarschvereins. Desinteressiert begibt sich Louis zu seinem Kollegen an die Theke.
„Ich habe dir auch eine Cola bestellt“, sagt Kröger.
„Danke“, antwortet Louis und trinkt das Glas fast leer.

Der Wirt ist in Plauderlaune. „Mensch, der Frank Dittmer. Ein feiner Kerl ist das. Immer hilfsbereit. Ich denke, er hat ein Auge auf meine Tochter geworfen. Sie ist jedenfalls nicht abgeneigt. Eine gute Partie ist der Frank, wenn er den Hof von seiner Tante erbt."

„Können Sie uns auch verraten, ob Herr Dittmer am Freitagabend hier war?", fragt Kröger.

„Klar, da drüben hat er gesessen und mit Stammgästen Skat gekloppt", sagt der Wirt und zeigt auf den Tisch Nummer sieben.

„Um welche Uhrzeit war das?"

„Gegen Achtzehn Uhr ist die Truppe nach und nach eingetrudelt. Die Letzten habe ich nach Mitternacht rausgeschmissen, den Frank auch. Ordentlich getankt hatte der. Jedenfalls ist er hier torkelnd raus und mit seinem Hund zu Fuß nach Hause marschiert."

„Danke, für die Auskunft", bedankt sich Kröger bei dem Wirt. „Wir schauen bestimmt mal wieder rein."

Louis und Kröger begeben sich auf den Heimweg.

…

Kapitel 9 – Anwaltskanzlei Hommel

Angelina, Sonntag, 5. August 2018

Irgendetwas kitzelt Angelina im Gesicht. Sie versucht das lästige Ding wegzuschlagen. Kaffeeduft steigt ihr in die Nase. Sie schlägt die Augen auf und sieht Bianca über sich gebeugt. In der einen Hand wedelt Bianca mit einer Pfauenfeder, in der anderen hält sie den Kaffeebecher. „Guten Morgen, du Schlafmütze."
„Morgen, wie spät ist es?", fragt Angelina verschlafen.
„Halb zehn. Ich habe deine Katze schon gefüttert", antwortet Bianca.
Angelina schwingt die Beine von der Couch und greift nach dem Kaffeebecher. „Schon so spät? Hast du gut geschlafen?"
„Ne, du hast geschnarcht, wie ein altes Walross. Aber guck mal, ich nutzte die schlaflose Nacht. Die Sätze gingen mir einfach nicht mehr aus dem Sinn."
Angelina liest die Zeilen, die Bianca auf einen Zettel notiert hat. „Erstens, Günther Zacharias, die Polizei hat mich verhört. Hoffentlich schnüffeln die hier

nicht rum. Ich schulde Magda Geld. Zweitens, Constanze, Geld leihen ist nicht strafbar. Wo ist der Stick?"
„Was könnte Zacharias in der Tischlerei verbergen und wozu lieh er sich Geld? Vielleicht Zigarettenschmuggel oder Drogen?", rätselt Bianca.
Angelina schüttelt den Kopf. „Ne, ne, da hätte Oma Magda nie mitgemacht!"
„Genau! Stell dir vor, sie ist dahintergekommen!", ruft Bianca hitzig. „Außerdem, was hat der Stick zu bedeuten und wo ist die verdammte Salzkristall-Lampe, die Magda angeblich von Constanze bekam?"
„Wegen der ollen Lampe habe ich doch Viktor mit dem Hinweis zu Kommissar Awolowo geschickt. Ich hoffe, Vik hat auch den zweiten Hinweis abgegeben, sonst schmoren die immer noch da drin", grinst Angelina.
„Na, hoffentlich nicht", antwortet Bianca und zeigt auf die Haarbürste. „Nächster Punkt, warum war die Bürste in der Schublade?"
Angelina überlegt. „Keine Ahnung. Oma Magda hatte so eine Macke. Sie nahm immer irgendwas, irgendwo, mit. Im Restaurant stibitzte sie Salz- und Pfefferstreuer, im Hotel Handtücher oder Bücher.

Aschenbecher und Kugelschreiber waren vor ihr auch nie sicher. Glaub mir, manchmal war das echt peinlich. Dann wiederum verlegte sie die Dinge und suchte den ganzen Tag danach. Einmal mussten wir stundenlang ihre Brille suchen. In Sachen verstecken war Oma nämlich einzigartig gut. … Gefunden habe ich die Brille dann ganz zufällig im Kühlschrank, unten im Gemüsefach. Oma Magda war halt einmalig."
Kichernd fällt Bianca eine Lösung ein. „Vielleicht hat ihr Constanze die Lampe gar nicht geschenkt und darin war etwas versteckt."
„Du meinst vermutlich den Stick?"
„Ja, genau! … Bloß wo sollen wir ihn suchen?"
„Stecknadel im Misthaufen, in der Schublade war er jedenfalls nicht", resigniert Angelina.
Gedankenverloren schlürft sie den Kaffee. „Bibi, ich träumte letzte Nacht davon, dass wir Papas Anwaltskanzlei auf den Kopf stellten, um Magdas Testament zu finden."
Bianca fasst sich vor die Stirn. „Ui krass, Einbruch in Papas Kanzlei. Ist nicht dein Ernst, oder?"
„Nicht ganz, ich rufe seine Sekretärin, Pauline Mayer, an, die soll mir das Testament raussuchen."
„Heute ist aber Sonntag!", protestiert Bianca.

Angelina schnappt sich das Handy vom Tisch. „Ist doch wurscht! Lass mich mal machen."
Sie sucht die Nummer von Pauline raus, drückt die Anruftaste und stellt auf Freisprecher. Schon nach dem dritten klingeln wird abgenommen. „Hallo, Pauline Mayer."
„Hallo Pauline, hier ist Angelina."
„Hey Angelina, wie geht's dir?"
„Nicht so gut, … Oma Magda ist gestorben."
„Davon hörte ich schon, tut mir sehr leid, Angelina. Wie kann ich dir helfen?"
„Ich will gleich zu Papa fahren. Er bat mich, Oma Magdas Unterlagen mitzubringen, damit er sie heute Abend durcharbeiten kann. Kannst du sie mir mitgeben?"
Stille in der Leitung. „Hallo, Pauline, bist du noch da?", fragt Angelina leise.
„Ja, bin ich, … Angelina, dein Vater ist bei mir."
„Bei dir? … Was? Wieso?"
Pauline fällt ihr ins Wort. „Du solltest dich mit deinem Vater aussprechen. Komm einfach her. Ich verspreche dir, ich mische mich auch nicht ein."
„Na gut. Aber nur, um über Oma Magda zu sprechen und ich bringe Bianca mit."

„Ja klar, kein Problem. Wann seid ihr da?“, fragt Pauline.
„In ungefähr einer Stunde. Bis dann.“
Grummelnd drückt Angelina das Handy aus. „Mist … Verdammter!“
„Hör auf zu fluchen. Lügen haben kurze Beine, weißt du doch. Bevor wir hier uns weiter das Hirn zermartern, holen wir lieber vom Bäcker die leckeren Schokocroissants und fahren hin. Du solltest deinen Vater einweihen“, schlägt Bianca vor.
„Im Leben nicht! Papa bringt mich zum Scheiterhaufen, wenn er erfährt, was wir gestern getrieben haben! Was macht der überhaupt bei Pauline?“
Bianca seufzt. „Angel, woher soll ich das wissen! Frag ihn. … Spring mal über deinen Schatten und vergiss den Zoff zwischen euch.“

Amüsiert beobachtet Angelina ihre Freundin. Bianca kommt aus dem Staunen nicht mehr raus. „Wow, was für eine Stadtvilla. Ich war noch nie in so einem Haus.“

„Die Villa und die Kanzlei gehören Paulines Eltern. Die leben in Spanien und genießen das Rentnerleben. Ihr Vater war früher Papas Chef", erklärt Angelina.
„Aha, Anwalt müsste man sein."
Angelina drückt auf die Klingel. „Entweder hättest du in der Schule mehr aufpassen müssen, oder du angelst dir meinen Bruder. Noch ist es nicht zu spät", klugscheißt sie.
„Wie meinst du das?", fragt Bianca naiv.
„Komm, Bibi, du weißt ganz genau wie ich das meine. David studiert Jura und Selim passt einfach nicht zu dir."
„Stimmt ja gar nicht", protestiert Bianca. „Pst, ich höre Stöckelschuhe die Treppe runterpoltern."
Die Haustür wird geöffnet. Pauline steht vor ihnen. Sie lächelt. „Hallo Angelina, hallo Bianca. Schön euch zu sehen. Folgt mir, dein Vater ist in der Küche. Er kocht."
Ungläubig schaut Angelina in Paulines übertrieben geschminktes Gesicht. „Er kocht?"
„Ja, sein neues Hobby", antwortet sie knapp und trippelt die geflieste Treppe vor ihnen hinauf.
Vor der modernen, offenen Wohnküche bleibt Pauline stehen und fordert Angelina auf,

einzutreten. „Geh nur hinein. Ich ziehe mich derweilen mit Bianca, zum Plaudern, in die Bibliothek zurück."
„Hallo Papa."
Roland Hommel schaut von der Arbeitsplatte auf, auf der sich geschnippeltes Gemüse stapelt. Er legt das scharfe Messer zur Seite und geht mit ernster Miene auf Angelina zu. Gänzlich unerwartet, drückt er sie an sich. „Hallo Angel."
Sie atmet den vertrauten Duft seines Aftershaves ein, den sie schon als Kind so sehr mochte. „Du hast immer noch den gleichen Duft wie früher."
„Ja, den mag ich am liebsten, weißt du doch … Lass dich anschauen. Kind, du siehst müde aus."
„Papa, du musst dich nicht um mich sorgen, mir geht's gut. Ich möchte nur deine Hilfe. Ich will wissen, wer das Oma Magda angetan hat. Ich vermisse sie so sehr."
Angelina fühlt, wie er ihr sanft übers Haar streichelt. Augenblicklich füllen sich ihre Augen mit Tränen.
„Angel, so leid es mir tut, aber ich kann dir nicht helfen. Die Polizei ermittelt gewissenhaft in alle Richtungen."
„Doch! Papa, kannst du! Ich weiß, dass Magda ihr Testament ändern wollte."

Roland zieht aus seiner locker umgebundenen Kochschürze ein Zewa Tuch und reicht es ihr. Ernst sieht er sie an. „Das Testament änderte Magda schon Anfang des Jahres. Das Original liegt bereits dem Amtsgericht vor. Die Durchschrift und alle weiteren Dokumente vertraute sie mir zur Verwahrung an. Glaub mir, Magda hatte ihre Gründe."
Flehend schaut Angelina in seine Augen. Es fällt ihr schwer die Worte auszusprechen: „Bitte … Papa."
Roland wird energisch. „Nein, ich darf es dir nicht sagen. Ich unterliege der Schweigepflicht. Nicht mal der Polizei gebe ich Auskunft. Nur mit richterlichem Beschluss."
Schlagartig löst sie sich aus seiner Umarmung. „Ich bin deine Tochter!"
„Das spielt keine Rolle!"
„Ach so, ich spiele keine Rolle in deinem Leben! Aber Pauline vielleicht! Und überhaupt, seit wann trägst du eine Kochschürze mit Peperoni drauf?"
„Angelina! Schluss damit, hör auf mich zu provozieren", schimpft Roland.
„Dann sag mir wenigstens, ob die Kündigung an Frau Guericke schon raus ist", bettelt Angelina.

„Nein, die liegt noch auf meinem Schreibtisch. Was hat Frau Guericke damit zu tun?“
„Papa, ich weiß, dass Frau Guericke Magda seit zwei Monaten die Miete für den Laden schuldet und Tinka mit Absicht überfahren hat.“
Roland antwortet nun sichtlich genervt: „Von den Mietschulden weiß ich. Der Laden läuft wohl nicht so gut. Jedoch glaube ich nicht, dass Frau Guericke die Katze mit Vorsatz überfuhr. Wahrscheinlich ist sie ihr vors Auto gelaufen.“
„Die Guericke hasst Katzen.“
„Angelina, du fantasierst dir da was zusammen. Frau Guericke hinterlegte bei Vertragsbeginn Mietsicherheiten. Ihr Pachtvertrag läuft sowieso Ende des Jahres aus und ich riet Magda dazu, den Vertrag nicht zu verlängern. Ende der Durchsage.“
Angelina fühlt sich wie ein geprügelter Hund, aber ihr Kampfgeist und ihre Sturheit gewinnen. „Du und Pauline. Läuft da was zwischen euch?“
„Angel, das geht dich nichts an. Ich habe das Recht auch mal wieder glücklich zu sein, oder?“
„Das Recht, … typisch Anwalt. Du hast Mama vergessen, stimmt’s.“
„Nein, ich werde Mama nie vergessen“, antwortet Roland.

Ohne sich von ihrem Vater zu verabschieden, verlässt Angelina die Küche. Zu tief sitzt der Schmerz in der Brust. Wütend rennt sie die Treppenstufen hinunter, öffnet die Haustür und knallt sie hinter sich zu.

Nach der Wut erfasst Angelina unendliche Traurigkeit. Verzweifelt läuft sie mit hängendem Kopf den Fußweg entlang. ‚Bianca liebt Selim, Papa liebt Pauline. Für mich ist da kein Platz mehr. Magda ist für immer fort. Was soll ich jetzt nur tun? Zu Onkel John gehen? Quatsch, der hält mir die nächste Moralpredigt.‘
Das Hupen eines Autos reißt Angelina aus ihrer trüben Welt. Aus dem Augenwinkel erkennt sie das Auto, dass im Schritttempo neben ihr herfährt. Das Autofenster schiebt sich nach unten und sie hört Bianca rufen: „Mensch, Angel! Bleib stehen, wo willst du hin?“
„Lass mich in Ruhe. Fahr doch zu deinem Selim.“
Bianca stoppt den Wagen. „Hör auf, sonst lasse ich dich den weiten Weg von Diekholzen nach Hause laufen.“

Nach kurzer Überlegung steigt Angelina ein. „Würdest du mich wirklich, die ganze Landstraße entlang, zu Fuß nach Hause laufen lassen?“
„Nein, im Leben nicht.“
„Sag mal, was hast du eigentlich gegen Pauline? Die ist doch nett“, meint Bianca.
„Weiß nicht, ich will einfach nicht, dass sie Mamas Platz einnimmt.“
„Angel, ich weiß du willst es nicht hören, aber das Leben geht weiter. Für dich leider ohne deine Mama und Oma Magda. Du hast doch mich und du musst versuchen, stark zu bleiben.“
Angelina antwortet nicht. Sie lässt die Worte von sich abprallen. Bianca gibt Gas, schaltet vom zweiten in den dritten Gang, beschleunigt, schaltet in den vierten Gang. Besorgt schaut Angelina aufs Tachometer. „Hundertsechzig auf der Alfelder Straße! Hey, willst du ne Rally fahren?“
„Ne, aber den Motorradfahrer hinter uns abhängen, der uns verfolgt. Wozu habe ich das ADAC-Sicherheitstraining gemacht“, antwortet Bianca.
Angelina schaut in den Seitenspiegel. „Seit wann folgt der uns?“
„Ich glaube, seitdem du ins Auto gestiegen bist. … Angel, halt dich fest!“

Automatisch drückt Angelina ihren Oberkörper fest in den Sitz hinein und stützt sich mit beiden Händen ab. Mit weit aufgerissenen Augen starrt sie durch die Frontscheibe. Kurz vor einer S-Kurve verringert Bianca das Tempo und reißt das Lenkrad rum. Die Reifen quietschen ohrenbetäubend. Sie fährt in einen Waldweg, an dem an einem Baum der Wegweiser Kindererlebniswald hängt. ‚Makaber, Autorennen bis zur Kinderrutsche', denkt Angelina. Wieder gibt Bianca Gas. Wild ruckelt das Auto auf der unebenen Strecke. Dicke Matschplacken vom Waldboden scheppern unter dem Fahrzeug. Endlich erreichen sie den Parkplatz, rundherum Wald. Bianca feixt. „Abgehängt! na, wie war ich? Damit hat der Moped-Spaßvogel hinter uns nicht gerechnet. … Geht's dir nicht gut? Du bist ja kreideweiß im Gesicht."
Angelina kann unmöglich antworten. Sie spürt, wie ihr Magen meutert und das noch nicht ganz verdaute Croissant zu ihrer Kehle wandert. Blitzschnell reißt sie die Autotür auf und lehnt sich mit Schwung aus dem Wagen. Der aufsteigende Mageninhalt spritzt wie eine Fontäne aus ihrem Mund, direkt auf zwei klobige, schwarze

Motorradstiefel. „Hey!“, schreien die Stiefel und springen weg.
‚Die Stimme kenn ich doch‘, besinnt sich Angelina und hebt den Blick.
Kommissar Awolowos dunkle Augen funkeln sie an. „So habe ich mir das Wiedersehen mit Ihnen nicht vorgestellt, Frau Hommel.“
Angelina fühlt, wie ihr die Röte ins Gesicht steigt. „Tschuldigung.“
„Wer sind Sie? Sind Sie bescheuert uns zu verfolgen?“, hört Angelina Bianca aufgebracht hinter sich toben.
„Autsch! Du brüllst mir ins Ohr. Das ist Kommissar Awolowo“, klärt sie Bianca auf.
„Uiiii krass, … und warum fährt der uns hinterher?“, fragt Bianca naiv.
Kommissar Awolowos Stimme hört sich zornig an. „Der wohnt zufällig in Diekholzen, sieht Frau Hommel die Straße entlanglaufen und in ein haltendes Auto mit getönter Heckscheibe einsteigen. Der irre Raser, beziehungsweise die Raserin, versucht mich abzuhängen und biegt urplötzlich in den Waldweg ein. Was hätten Sie denn an meiner Stelle getan!“

Ärgerlich bufft Bianca Angelina mit der Faust in die Rippen. „Mannomann! Ständig bringst du mich in Scheißlagen."
„Ach komm, Bibilein, es macht dir doch Spaß, gib's zu. Sonst erlebst du ja nix in deiner heilen Welt."
„Ha, ha, du und deine ständigen Problemchen", kontert Bianca zurück.
Angelina beobachtet, wie sich Kommissar Awolowo abwendet und gemächlich zu seinem Motorrad schlendert, das er ein paar Meter abseits neben einer Holzbank abgestellt hatte. In aller Ruhe zieht er ein Tuch unter der Sitzbank hervor und beginnt seine Stiefel zu putzen. „Meine Damen, könnten wir uns mal auf einem anständigen Level unterhalten, wenn ich hiermit fertig bin?", fragt Kommissar Awolowo gelassen.
Während Angelina aus dem Auto steigt, flüstert sie Bianca zu: „Verschwinde, ich lenke ihn ab."
Leise lässt Angelina die Wagentür zuklappen und geht im Schlenderschritt auf den Kommissar zu. Interessiert betrachtet sie von allen Seiten das Motorrad. „Schönes Motorrad, tut mir leid, dass es durch den Matschboden so schmutzig geworden ist."

Grinsend stellt Kommissar Awolowo sich vor Angelina und reicht ihr den Lappen. „Och, Sie könnten das gute Stück ja putzen, … aber, wenn Sie denken, ich bemerke nicht, dass sich Ihre Freundin aus dem Staub macht, ist das falsch."
Angelina schmunzelt. „Herr Kommissar, Sie sind wie Onkel John, der durchschaut mich auch immer."
„Hm, ich nenne es Erfahrung im Umgang mit Menschen. Außerdem bin ich nicht bei der Verkehrspolizei."
Kommissar Awolowo zeigt auf einen langen Stapel, aufgetürmter, dicker Baumstämme. „Nun gut, wir beide haben Gesprächsbedarf. Kommen Sie mit, wir setzen uns dorthin."
Gezwungener Maßen folgt Angelina ihm. ‚Wegrennen bringt eh nichts, der holt mich mit Leichtigkeit ein. … Also Angel, reiß dich zusammen und überlege genau was du sagst.'
Als ob Kommissar Awolowo ihre Gedanken erraten hätte, kommt er sofort auf den Punkt. „Setzen Sie sich, ich will in Ihre Augen sehen, wenn ich mit Ihnen rede."
Angelina klettert den Stapel hinauf, schwingt ein Bein über den Stamm und hockt sich in den

Reitersitz. Der Kommissar tut es ihr nach. Prüfend schaut er sie an. „Darf ich Angelina sagen?“, fragt er.
„Logo, schließlich sitzen wir auf einem Holzstapel, wie beim Osterfeuer“, antwortet sie spitz.
„Warum haben Sie sich nicht wie vereinbart, heute Morgen bei mir gemeldet und ignorieren jegliche Anrufe?“
Angelina hält seinen Blick stand, zieht mit der linken Hand den Reißverschluss ihrer Fleecejacke auf, greift nach dem Handy in der Innentasche und reicht es ihm. „Wie Sie sehen, sehen Sie nix. Der Akku ist leer, ständig vergesse ich das Ding aufzuladen.“
Kommissar Awolowos Mundwinkel ziehen sich nach oben zu einem Lächeln, bevor er die nächste Frage stellt. „Was machen Sie eigentlich hier in Diekholzen?“
„Ich war bei meinem Vater, in der Kanzlei.“
„Ach so, wissen Sie etwas über das Testament Ihrer Oma?“
„Ne, leider nicht. Mein Vater hält dicht.“
„Kann ich mir denken. Andere Frage, haben Sie den Jungen mit den Hinweisen zu mir geschickt?“
„Welchen Jungen?“, tut Angelina scheinheilig.

Kommissar Awolowos Tonfall ist gereizt. „Angelina! Sie wissen genau, wovon ich spreche.“
„Ja, das ist Vik, der Sohn meiner Nachbarin“, gibt sie bockig zu.
„Woher wissen Sie, dass es sich um eine Salzkristall-Lampe handeln könnte?“, fragt er nun freundlicher.
„Ich war bei Oma Magdas Freundin Constanze in der Rehaklinik. Constanze hatte in ihrem Zimmer einige Salzsteine und eine Salzkristall-Lampe rumstehen. Angeblich schenkte sie Oma Magda so eine Lampe. Dann erinnerte ich mich, dass die Splitter unter meinen Schuhsolen glitzerten, aber ich konnte die Lampe im ganzen Haus nicht finden. Auch nicht Omas Laptop und Handy.“
„God dammit!“, flucht Kommissar Awolowo. „Das bedeutet, Sie waren gestern Abend im Haus, obwohl es versiegelt ist!“
„Ich bin durch den Kellereingang. An der Kellertür war kein Siegel“, gibt Angelina kleinlaut zu.
Kommissar Awolowos Blick wird durchdringend. „Zweiter Hinweis, eingesperrt in der Tischlerei. Haben Sie die Tischlerwerkstatt zugesperrt? Raus mit der Sprache!“

Bewusst merkt Angelina seinen Scharfsinn und Unnachgiebigkeit. Sie fühlt sich wie eine Maus in der Falle, aus der es kein Entrinnen gibt. „Ja doch!"
„Warum? … Glauben Sie, dass der Tischler und Constanze etwas mit Oma Magdas Tod zu tun haben?", fragt Kommissar Awolowo.
„Weiß nicht", brummelt Angelina.
„Stimmt nicht, nehme ich ihnen nicht ab. Was verschweigen Sie mir, Angelina?"
„Ich will nach Hause", jammert sie.
„Es gibt zwei Möglichkeiten. Sie beantworten meine Frage und Sie dürfen mit auf meinem Motorrad fahren, oder aber, Sie gehen zu Fuß", schlägt er vor.
„Das ist Erpressung!"
Ungerührt erhebt sich Kommissar Awolowo vom Baumstamm und klopft seine Hose ab. „Wie Sie meinen, dann fahre ich jetzt alleine nach Bad Gandersheim zu den Eseln."
„Was! Nein, nein ich will mit. Wie geht's Pinte und Patti?", sprudelt es aus Angelina raus.
„Herr von Ernstling meinte, dass es ihnen gut geht. Leider konnte er Sie ja nicht erreichen."

„Okay, okay, Sie haben gewonnen, Herr Kommissar. Ich komme mit zum Gutshof. Dort erzähle ich Ihnen den Rest. Abgemacht?"
Er bietet ihr seine Hand. „Abgemacht."
Kommissar Awolowo öffnet das Topcase, das an dem Gepäckträger seines Motorrads befestigt ist und zaubert einen Jethelm heraus. „Hier, probieren Sie, ich denke, der passt Ihnen."
Angelina setzt den Helm auf. „Ja passt. … Ich bin noch nie Motorrad gefahren."
„Okay, dann sitzen Sie bitte still und wenn ich mich in die Kurve lege, geht Ihr Körper mit meinem. Sonst fährt leider Ihr Po auf dem Asphalt Schlitten", erklärt Kommissar Awolowo.
Ängstlich schaut Angelina ihn an. „Sie rasen aber nicht, oder?"
„Halten Sie sich an mir fest. Ich verspreche, es wird Ihnen Spaß machen."
„Kennen Sie denn den Weg zum Gutshof?", fragt Angelina gespannt.
„Im Gegensatz zu Ihrem Handy funktioniert meins. Ich habe mir schon zu Hause die Fahrtroute angeschaut."
Kommissar Awolowo startet den Motor. Sofort ertönt ein brummender Sound. Aufgeregt hält sich

Angelina an seiner Taille fest. Prompt fühlt sie die Wärme seines Körpers, riecht den herben Duft seines Parfums. ‚Oh Gott, hoffentlich werde ich nicht ohnmächtig. So viel Adrenalin verspüre ich nicht mal beim Achterbahnfahren auf dem Rummel.'

Sie befahren die kurvige Landstraße „Roter Berg" nach Sibbesse. Mutig passt Angelina sich an, so wie Kommissar Awolowo es ihr erklärte. Sie merkt, dass ihr Vertrauen steigt und die anfängliche Angst schwindet. Aufmerksam betrachtet Angelina die Landschaft, findet mehr und mehr Gefallen an dem Rausch der Geschwindigkeit, die ihr ein unbeschreibliches Gefühl von Freiheit gibt. Zaghaft guckt sie in den Seitenspiegel und erkennt, dass ihre Wangen gerötet sind und die langen Haare, die unter dem Helm hervorgucken, im Wind fliegen. Spontan breitet Angelina auf gerader Strecke die Arme aus. „Juhu! Ich fühle mich frei, frei wie ein Vogel!"
Wieder guckt Angelina in den Spiegel und sieht Kommissar Awolowo lächeln. ‚Von mir aus könnte uns das Motorrad bis zum Ende der Welt bringen.'

Die Route führt sie am alten Rittergut Harbarnsen, der heute ein Reitclub ist, vorbei. Kurze Zeit später erreichen sie das Waldbad in Lamspringe, tuckern gemächlich durch den Ortskern, um die historischen Fachwerkhäuser zu bestaunen. Am Ortsausgang gibt Kommissar Awolowo wieder Gas und sie rauschen nach Bad Gandersheim. An der Gabelung zum „Kloster Brunshausen" biegt er in die Straße zum Klosterweg ein. Geradewegs fahren sie auf das schmiedeeiserne Tor zu, an dem das Schild HERBERTS MEMORY zum Hof weist. Dahinter ist der kolossale Gutshof zu erkennen.
Kommissar Awolowo hält an, stellt den Motor aus und nimmt den Helm ab. Angelina klettert vom Motorrad. Mit der Hand reibt sie sich den Po. „Na, tut der Hintern weh?", fragt er grinsend.
„Ein bisschen, aber das war es mir Wert. Kommen Sie, dahinten ist Herbert, er winkt uns."
Sogleich kommen die freilaufenden Hunde mit lautem Gebell auf die neuen Besucher zugestürmt. Angelina öffnet das Tor. „Jetzt verhalten Sie sich bitte, wie ich es sage, sonst tut zur Abwechslung Ihnen der Hintern weh. Also keine Angst zeigen, sondern einfach tun, als ob alles total easy ist."

„Meinen Sie, die könnten mich beißen?“, fragt Kommissar Awolowo unsicher.
Mit Absicht ignoriert Angelina seine Frage, begrüßt freudig alle Hunde, kniet sich nieder und streichelt jeden einzelnen. „Hallo Sweety, hey Bingo, Streuner, hallo Gorge, hey Emma.“
Herbert von Ernstling steht bereits neben ihnen. Er reicht Kommissar Awolowo zur Begrüßung die Hand. „Guten Tag, Herr Kommissar. Ich bin Herbert-Josef von Ernstling. Sehr nett von Ihnen, dass Sie meine Angelina mitgebracht haben.“
Mit traurigen Augen schaut Herbert Angelina an. „Hallo Angel, lass dich umarmen, mein Kind. Mir tut das so leid mit Magda. Ich weiß gar nicht, was ich sagen soll.“
Angelina haucht ihm einen Kuss auf die Wange. „Hallo, Onkel Herbert.“
„Wie ich dich kenne, möchtest du als erstes deine Esel besuchen. Die Beiden grasen auf der Kreuzkoppel. Den Weg kennst du ja. Nimm ein paar Möhren aus der Futterkammer mit“, sagt Herbert.
„Ja, du hast Recht, danke Onkel Herbert.“
„Ich entführe derweilen Herrn Kommissar Awolowo und zeige ihm unseren Gutshof.“

Angelina schaut ihnen hinterher, wie sie auf das Haupthaus, mit dem nach vorn, gezogenen Giebel, zu schlendern. Herbert übernimmt geradewegs die Gesprächsführung. Obwohl Angelina furchtbar neugierig ist und einige Wortfetzen verstehen kann, wendet sie sich ab, läuft in die Futterkammer und stopft so viele Möhren in die Jackentaschen, wie hineinpassen. Die Tiere sind ihr im Moment viel wichtiger.

„Pinte! Patti! Ich bin's, kommt her!", ruft Angelina die Esel.

Sofort heben die Esel ihre Köpfe und setzen sich mit lautem iah, iah Geschrei in Gang. Angelina wartet bis sie bei ihr sind. „Na, ihr kleinen Dickköpfe. Wie gefällt es euch hier? Guckt mal, ich habe euch Möhren mitgebracht. Die mögt ihr doch so gerne."

Gierig beißen die Esel in die saftigen Karotten. Angelina krault ihnen die langen Ohren. „Ich verspreche, so oft es geht, euch zu besuchen. Aber ihr müsst artig sein und dem Herbert keinen Kummer machen."

Nach ihrem Schmaus wenden sich die Esel dem frischen Gras zu. Angelina setzt sich inmitten der Wiese, um alle Tiere auf der Koppel zu beobachten.

Zwei Ponys putzen sich gegenseitig mit den Zähnen den Mähnenkamm. Ein weiteres Pony liegt schlafend im Gras, während ihr Fohlen versucht es aufzuwecken. „Wie schön es hier ist, Ruhe, Harmonie und Frieden. So müsste es immer sein. Das wünsche ich mir“, seufzt Angelina.
Auf einmal hört sie hinter sich Schritte, gleich darauf Kommissar Awolowos Worte: „Hey, darf ich mich zu Ihnen setzen? … Bewundernswert, wie Herbert von Ernstling noch in seinem Alter, mit seiner Tochter gemeinsam den Hof führt. Alles ist wirklich gut strukturiert und sehr ordentlich. … Sie fühlen sich hier wohl, stimmt's?“
„Na klar, hier ist die Welt noch in Ordnung“, antwortet Angelina.
Kommissar Awolowo hockt sich nieder. „Angelina, stehen Sie und Herbert von Ernstling sich sehr nahe? So ähnlich wie mit Oma Magda?“
„Ja. Onkel Herbert kennt mich gut und lässt mich so sein, wie ich bin. Das schätze ich an ihm.“
„Wie sind Sie denn?“, fragt er interessiert.
„Ich komme einfach besser mit Tieren klar, als mit Menschen. Wenn du gut zu ihnen bist, akzeptieren sie dich, ohne dich verändern zu wollen. Du hast

einen Freund, der dich nicht im Stich lässt", antwortet Angelina überzeugt.
Sachte rutscht Kommissar Awolowo näher an sie ran. „Da ist was dran, … ich hatte mal eine Hündin, Coralle hieß sie, sie wurde vergiftet. Irgendjemand warf einen Giftköder bei uns in den Garten."
„Oh, nein! Das tut mir leid. Konnten Sie den Täter überführen?"
„Leider nein", gibt er zu.
„Bitte, finden Sie Oma Magdas Mörder!", fleht Angelina ihn an.
„Das kann ich Ihnen nicht versprechen, aber ich gebe mein Bestes."
Angelina schaut bedrückt drein. „Bitte, helfen Sie mir. Wer tut das einer herzensguten, vergesslichen, alten Frau an?"
„Okay, dann erzählen Sie mir bitte alles über Oma Magda, was von Bedeutung sein könnte", fordert Kommissar Awolowo Angelina auf.
„Ich versuch's."
Durchdacht stellt er seine Fragen: „Wie nahe standen sich Herbert und Magda?"
„Ach, die kannten sich schon ewig. Ich glaube, Onkel Herbert und Oma Magda waren ein Liebespaar. Ich habe beide mal erwischt, wie sie

heimlich Händchenhaltend auf der Hollywoodschaukel saßen."
„Wusste seine Tochter davon?"
Angelina nickt. „Bestimmt."
„Herbert von Ernstling erzählte mir, dass Magda hier viel half, sich auch in der Tiermedizin auskannte."
„Ja, das stimmt. Oma Magda hatte gute Kontakte zu Tierärzten und war sehr belesen. Hauptsächlich nutzte sie dafür auch das Internet", erzählt Angelina stolz.
„Unterstützte Magda den Hof auch finanziell?"
„Natürlich, zu Herberts Memory kommen viele ehrenamtliche Helfer und einige spenden halt, so viel wie sie sich leisten können."
Kommissar Awolowo hebt seinen Zeigefinger in die Luft. „Aha, das passt zusammen. Herbert erzählte davon, dass man auch eine Patenschaft für ein Tier seiner Wahl übernehmen kann."
„Ist es wichtig, dass Oma Magda Frau Guericke den Pachtvertrag für den Obstladen kündigte?", fragt Angelina geradeaus.
Kommissar Awolowos Staunen ist nicht aufgesetzt. „Selbstverständlich, jedes Detail ist wichtig.

Erklären Sie mir, warum Magda den Vertrag beenden wollte.“
„Oma Magda und Frau Guericke verstanden sich nicht. Die Guericke hasst Katzen und am Donnerstag überfuhr sie die alte Tinka. Außerdem hatte Frau Guericke Mietschulden bei Oma Magda. Mein Vater sollte sich drum kümmern.“
„Ihr Vater ist also auch Magdas Anwalt.“
„Ja, schon seit Jahren“, antwortet Angelina.
„So, und nun nochmal zu meiner Frage von vorhin. Warum haben Sie den Tischler Günther Zacharias und Constanze Tessin in der Tischlerei eingesperrt? Was ist passiert?“, fragt Kommissar Awolowo.
Angelina überlegt, bevor sie ihre Version der Geschichte ausdrückt. „Ich sah Licht in der Tischlerei. Aus Neugier habe ich nachgeschaut und gelauscht. Plötzlich musste ich nießen. Die beiden hörten mich und aus Angst erwischt zu werden, schob ich aus Reflex das Tor zu. Das ist alles.“
„Und was konnten Sie erlauschen? Nun lassen Sie sich nicht alles aus der Nase zieh'n!“
„Der Zacharias erzählte Constanze, dass er sich von Oma Magda Geld geliehen hätte und Constanze faselte etwas von einem Stick, der weg ist. Mehr weiß ich wirklich nicht“, berichtet Angelina.

„Meinte Constanze einen Computer-Stick?"
„Wahrscheinlich", bestätigt Angelina Kommissar Awolowos Vermutung.
„Wie sind denn nun Ihre Pläne für die Zukunft, Angelina?", fragt er neugierig.
„Meinen Plan kann ich mir jetzt leider abschminken", schmollt Angelina. „Ich hatte vor, nach meiner Abschlussprüfung als Friseurin, eine weitere einjährige Ausbildung zur Hunde-Ernährungs- und Gesundheitsberaterin, als Groomerin, zu absolvieren. Die Akademie ist im Landkreis Oldenburg. Oma Magda und Onkel Herbert fanden die Idee genial. Sie wollten mich finanziell unterstützen und schmiedeten schon Pläne, hier auf dem Hof einen Hundesalon aufzumachen. Platz ist ja genug."
„Man gibt seine Ziele nicht so einfach auf", versucht Kommissar Awolowo sie aufzurichten.
„Ha! Ha! Papa und Onkel John bestehen darauf, dass ich im Anschluss die Friseur-Meisterprüfung mit Bravour abschließe und das Geschäft mit Onkel John gemeinsam führe."
Kommissar Awolowo hakt nach. „Verstehe ich das richtig, die sind dagegen?"

„Wenn sie es wüssten, ganz bestimmt. Ich glaube aber nicht, dass sich Oma Magda bei Onkel John verplappert hat."
„Angelina, es ist Ihr Leben. Meine Menschenkenntnis sagt mir, Herbert von Ernstling ist ein guter Mensch. Er wird Ihnen bestimmt zur Seite stehen", spornt er sie an.
Angelinas Lächeln ist zaghaft. „Vielleicht ziehe ich hier auf den Hof. Arbeit gibt's genug. Danke, dass Sie zu mir halten, Herr Kommissar."
„Ehrensache", lacht er.
Kommissar Awolowo schaut auf seine Armbanduhr. „So gerne ich noch mit Ihnen hierbleiben würde, aber es ist schon spät und wir sollten aufbrechen. Ich muss leider noch ein bisschen arbeiten."
„Schon gut, ich freue mich aufs Motorradfahren, auch wenn mein Po weh tut", antwortet Angelina gelassen.
Vertraut gehen Angelina und der Kommissar nebeneinanderher bis zum Haupthaus. Herbert verabschiedet sie herzlich. „Angel, wenn du meine Hilfe brauchst, ruf mich an. Ich bin immer für dich da."

Angelina drückt ihn fest an sich. „Danke, Onkel Herbert."
Herbert und Kommissar Awolowo schütteln sich die Hände. „Ich komme wieder, gemeinsam mit Angelina", verspricht er.

„Hallo Bibi, ich bin's", spricht Angelina ins Telefon.
„Hey, endlich, ich starre die ganze Zeit auf mein Handy und warte auf deinen Anruf. Wie ist es gelaufen?", fragt Bianca erregt.
„Ganz okay", antwortet Angelina trocken.
„Was heißt ganz okay? Nun sprich, war der Kommissar Dingsda sauer?"
„Dingsda heißt Louis Awolowo. … Nö, geht so. Er weiß, dass ich im Haus schnüffeln war und auch, dass ich den Zacharias und Constanze in der Tischlerei schimmeln ließ", klärt sie Bianca auf.
„Du hast doch hoffentlich nichts von mir erzählt!"
„Bibi, ich bin doch nicht blöd. Natürlich nicht!"
Angelina hört ihre Freundin erleichtert ausatmen.
„Und weiter?", fragt Bianca.
„Wir fuhren mit seinem Motorrad nach Bad Gandersheim zu Herberts Memory. Oh, das war so schön", schwärmt sie.

Jetzt hat Angelina Biancas Neugier erst recht geweckt. „Was war schön?“, will sie wissen.
Angelina schwärmt weiter. „Alles, … Motorradfahren ist toll. Ich konnte mich wie ein fliegender Engel fühlen. Alle Sorgen wurden durch den Wind weggetragen.“
Sie macht eine Pause, schließt die Augen und genießt die Erinnerung an die letzten Stunden.
„Hallo Angel, Himmel an Erde, bist du noch da?!“, prustet Bianca ins Telefon.
Angelina nimmt kurz das Handy vom Ohr. „Ja, ja, schrei doch nicht so, … Pinte und Patti weiden mit den Ponys zusammen auf der Kreuzkoppel. Ihnen geht’s sau gut. Kommst du das nächste Mal mit, die Esel besuchen?“
„Auf jeden Fall! … Du, ich bin Hundemüde. Morgen früh um fünf klingelt mein Wecker.“
„Okay, dann gute Nacht Bibilein.“
„Gute Nacht Angel, schöne Träume von deinem Kommissar Dingsda.“
„Quatsch!“, protestiert sie.
Angelina vernimmt das schelmische Kichern ihrer Freundin. Dann verschwindet Biancas Foto vom Display.

Ganz von alleine schließen sich Angelinas Lider und wie von Geisterhand befindet sie sich in einer anderen Welt.

…

Kapitel 10 – Magdas Vergangenheit

Kommissar Louis Awolowo, Sonntagabend

Louis stellt sein Motorrad vor der Polizeiwache ab, klemmt den Motorradhelm unter den Arm und geht auf den Eingang zu. Er drückt gegen die summende Tür. „Hallo Ulli, danke fürs Öffnen", grüßt er den diensthabenden Polizisten am Empfang.
Ulli nickt. „Habt ihr schon Neuigkeiten im Fall Oma Magda?"
„Wir sind dran, melde mich später bei dir. Ich muss jetzt erstmal zu Kollege Kröger."
Eilig läuft Louis den Korridor entlang bis zum Büro. Die Tür steht weit auf. Er lehnt sich an den Türrahmen und beobachtet Normen Kröger, der konzentriert in einer Akte blättert. „Komm rein, ich habe dich längst gehört. Wo warst du so lange? Warum gehst du nicht ans Telefon?", fragt Kröger, ohne den Blick von dem Schriftkram zu nehmen.
Louis überspielt den Vorwurf seines Kollegen. „Ich war zu Hause, duschen. Was dagegen, wenn ich nicht mehr miefe? Außerdem hatte ich Lust auf Motorrad fahren."

„Ich fahre mit dir aber nicht auf dem Ding. Das letzte Mal tat mir tagelang der Hintern weh."
Louis lacht. „Frag morgen mal Fräulein Hommel, wie es ihrem Hintern geht."
Nun hat Louis Krögers ganze Aufmerksamkeit. Er liest in seinem Gesicht ein Fragezeichen und löst das Rätsel für ihn auf. „Zufällig ist sie mir in Diekholzen über den Weg gelaufen und wir sind auf den Gutshof, zu Herbert-Josef von Ernstling, nach Bad Gandersheim gefahren."
Louis legt eine Pause ein, um Kröger schmoren zu lassen. „War Angelina bei ihrem Vater? Seine Kanzlei ist in dem Haus von den Mayers. Was hast du rausgekriegt? Nun spann mich nicht auf die Folter", fordert Kröger.
„Ja, Angelina hat sich mit ihrem Vater gestritten. Sie wollte von ihm wissen, wie Oma Magdas Testament aufgeteilt ist. Dennoch ist er verschwiegen", berichtet Louis.
Kröger nimmt seine Brille von der Nase und putzt die Brillengläser. „Ja, so kenne ich ihn. Roland Hommel ist ein sehr introvertierter Mensch, trennt strickt Beruf, Privatleben und Hobby. Sonntags Abend ist er regelmäßig im Golfclub. Ich fahre gleich hin."

Louis zieht seine Sonnenbrille aus der Jackentasche und hält sie Kröger hin. „Kannst du die auch putzen? … Kennst du den Hommel gut?"
Kröger poliert die Sonnenbrille und gibt sie Louis zurück. „Gut ist übertrieben", sagt er, „seit fast zwanzig Jahren golfen wir im gleichen Klub. Über Privates wird selten gesprochen. … Konntest du etwas von dem Gutsbesitzer, von Ernstling, über Oma Magda erfahren?"
Louis geht zur Flipchart und beginnt seine Informationen auf die Tafel zu schreiben. „Herbert von Ernstling, ein sehr gesprächiger, alter Mann, Tierarzt a.D. Er gründete 1976 auf seinem Landgutshof das Tierheim MEMORY und führt es gemeinsam mit seiner Tochter. Ehrenamtliche Leute helfen ihnen bei der vielen Arbeit. Tierliebhaber, die Futter oder Geld spenden, sind herzlich Willkommen. Der Hof ist sehr gepflegt. … Nun zu Oma Magda, … Herr von Ernstling war ein Jugendfreund Magdas verstorbenen Mannes, Hans Furchner. 1971 heiratete Hans Furchner Magda. Sie bewirtschafteten den Bauernhof gemeinsam mit seinen Eltern. Die Familie war sehr vermögend, im Gegensatz zu Magda, die 1968 aus der ehemaligen DDR flüchtete. Magda und Hans konnten keine

Kinder bekommen. Als ihre Schwester bei einem Autounfall starb, an das Datum konnte sich von Ernstling nicht erinnern, nahmen sie Magdas Neffen, Frank Dittmer, bei sich auf. Mit großzügigen Spenden und auch bei den Umbauten unterstützten die Furchners das Tierheim."
„Kollege, ich muss sagen, Chapeau", lobt Kröger.
„Stopp, ich habe noch mehr Informationen", sagt Louis, „in dem jetzigen Obst- und Gemüseladen, war früher Magdas Schneiderei. Sie nähte für ganz Bad Salzdetfurth und Umgebung. Die heutige Tischlerei, einst ein Kuhstall, brannte ab. Leider kamen die Eltern von Hans Furchner bei dem Brand ums Leben."
„Das ist zu recherchieren. Eine gute Aufgabe für unsere Sabrina, wenn sie zum Dienst erscheint", äußert Kröger.
Louis holt tief Luft. „Okay, weiter im Text. Den Wideraufbau übernahm die Baufirma, Otto Brandtner GmbH & Co. KG, aus Goslar. Otto Brandtner war Hans Furchners Cousin und rate mal, … Anteile der Firma Brandtner gehörten ihm und nach seinem Tod natürlich Magda Furchner."

Kröger klatscht in die Hände. „Alle Achtung, Louis. Hoffentlich werde ich als alter Mann mal nicht so gesprächig."
Louis schmunzelt und freut sich über das Lob. Immerhin ist Kröger sein Chef, dem er seine bisherige Karriere zu verdanken hat. „Normen, da ist noch etwas Wichtiges, was wir auf jeden Fall ernst nehmen sollten. Angelina erzählte mir, dass die Obst- und Gemüsefrau, Elvira Guericke, die Katzen abgrundtief hasste und Oma Magda ihr nach einem heftigen Streit den Pachtvertrag für das Geschäft kündigte. Wenn die nämlich um ihre Existenz bangt, hätte sie ein Mordmotiv."
„Ja, das sehe ich genauso, bei Frau Guericke stochern wir nochmal am Alibi. Nichts gehört, nichts gesehen, glaube ich ihr nun nicht mehr", meint Kröger.
Aus Spaß setzt sich Louis die Sonnenbrille auf und lässt die Brille auf der Nase runterrutschen. „Gut, soll Sherlock Holmes der Frau morgen früh einen unverhofften Besuch abstatten?"
„Na klar, gleich um acht Uhr, wenn sie den Laden öffnet", antwortet Kröger und fügt hinzu: „Einen Trumpf im Ärmel habe ich aber auch. Das Haus in der Unterstraße, indem das Friseurstudio ist, zählt

ebenso zu Oma Magdas Eigentum. Meine bessere Hälfte ist dort seit Jahren Kundin und bekam die Information mal von Angelinas verstorbenen Mutter.“

„Ich glaube, wir sind auf der richtigen Fährte“, sagt Louis überzeugt.

Kröger zieht sich die Strickjacke an. Freundschaftlich klopft er Louis auf die Schulter. „Bin dann mal im Golfklub, ein paar Bälle einlochen. Außerdem muss ich mich sputen, wenn ich Roland Hommel noch erwischen will. Tschüss, bis morgen.“

Louis schaut seinem Kollegen hinterher und beschließt ein Kaffee-Päuschen einzulegen.

…

Kapitel 11 – Die Verkäuferin und der Doktor

Kommissar Louis Awolowo, Montag, 6. August 2018

Louis Awolowo betritt Elvira Guerickes Obst- und Gemüsegeschäft und schaut sich im Laden um. Freundlich bedient Frau Guericke einen älteren Herrn, stopft ihm die Ware in den geflochtenen Einkaufskorb und tippt die Preise in die Registrierkasse ein. Über ihre Pausbäckchen huscht der rundlichen Verkäuferin ein Lächeln. „Das macht vierunddreißig Euro und siebzig Cent, Herr Polle."
Herr Polle bezahlt die Rechnung. „Runden Sie auf, Frau Guericke. Ich werde bei Ihnen immer so nett bedient."

„Dankeschön, ich wünsche Ihnen einen schönen Tag und gute Besserung für Ihre Frau“, säuselt Frau Guericke.
„Wiedersehen, bis Freitag zum Wochenendeinkauf“, verabschiedet sich Herr Polle und verlässt mit dem üppig gefüllten Einkaufskorb den Laden.
„Guten Tag, was kann ich für Sie tun?“, spricht Frau Guericke Louis geschäftstüchtig an.
Louis zielt direkt auf den Erdbeerpräsenter zu. „Darf ich mal probieren.“
Frau Guericke wischt sich die Hände an der grünen Kittelschürze ab, nimmt zwei Erdbeeren und reicht sie ihm. „Ja, natürlich, die sind ganz frisch gepflückt und wenn Sie ein Kilo nehmen, bekommen Sie sogar einen Rabatt von einem Euro.“
„Rabatt, hört sich gut an, das mach ich“, antwortet Louis, zieht seine Geldbörse aus der Jeans, reicht Frau Guericke einen zehn Euro Schein und seinen Dienstausweis dazu.

„Oh, sind Sie dienstlich hier? Oder möchten Sie nur Erdbeeren kaufen, Herr Kommissar?“
Louis erkennt sofort an Frau Guerickes überschwänglicher Aussprache, dass er ihre Neugier geweckt hat. „Beides, ich brauche Ihre Hilfe.“
„Ich? Wie könnte ich Ihnen helfen?“
„Nun ja, Sie arbeiten den ganzen Tag hier, kennen die Kundschaft, sehen und hören bestimmt so einiges, oder?“
Frau Guericke kichert. „Na klar doch, ich kenne alle. Frau Polle zum Beispiel lässt ihren Mann nie bei mir alleine einkaufen, heute war eine Ausnahme, weil sie erkrankt ist. Er ist ein Witwentröster und sie ein eifersüchtiges Luder.“
„Hat Herr Polle etwa auch mit Frau Furchner geflirtet?“, fragt Louis gespannt auf die Antwort.

„Ich glaube sogar, die hatten mal ein Techtelmechtel“, kichert Frau Guericke erneut.
„Ach, interessant“, sagt Louis, „was treibt denn der Tischler gegenüber so?“
Frau Guericke fuchtelt wild mit den Händen.
„Der Zacharias war ganz dicke mit der Furchner. In der Mittagszeit ist er oft bei ihr auf der Terrasse gesessen und sie haben zusammen Mittag gegessen.“
Louis entgeht nicht der unterschwellige Ton in Frau Guerickes Stimme und fordert sie weiter heraus. „Aha, … was haben Sie denn noch so beobachtet?“
„Ich erwischte die Furchner dabei, wie sie sich Obst in ihre Kitteltaschen stopfte, ohne zu bezahlen!“
„Was! Das ist ja ungeheuerlich!“, heuchelt Louis ihr vor, so dass sie richtig in Fahrt kommt.
„Frau Furchners olle Katze versteckte sich immer hinter den Kartoffelsäcken und

kratzte an den Säcken rum. Ich konnte das Vieh noch so oft rausjagen, die kam trotzdem immer wieder."

Dann kommt der Punkt, wo Louis zuschlägt. „Mir ist zu Ohren gekommen, Sie haben die Katze überfahren."

Entrüstet schnappt Frau Guericke nach Luft. „Hat Ihnen das Angelina erzählt? Herr Kommissar, das war keine Absicht. Mir huschte was am Auto vorbei. Ich konnte es nicht erkennen. Das müssen Sie mir glauben."

Louis schüttelt den Kopf. „Nein, Frau Guericke. Sie hätten trotzdem anhalten und nachschauen müssen."

„Ja, ich weiß, das war ein Fehler, gebe ich ja zu. Die Furchner war jedenfalls stinksauer, ist wie eine Furie auf mich losgegangen und kündigte mir den Pachtvertrag! Stellen Sie sich das mal vor! Wegen einer alten Katze! Herr Zacharias kann das bezeugen, er war dabei."

‚Jetzt habe ich sie', denkt Louis. „Ist Ihnen eigentlich klar, dass Sie mir somit ein Mordmotiv geliefert haben?"
Entrüstet strafft Frau Guericke die Schultern und streckt ihr Kinn vor. „Ich hatte zwar Ärger mit der Alten, aber ich könnte doch nie! Wo denken sie denn hin?"
Forsch unterbricht er sie. „Ist Ihnen am Freitagabend noch was aufgefallen?"
„Allerdings. Mir fiel ein, dass ich gegen viertel vor acht, als ich mit dem Auto die Salate herbrachte, mir ein Taxi entgegenkam."
Louis Blick wird finster. „Das haben Sie bei der ersten Befragung nicht erzählt."
„Ja, Entschuldigung, ich habe es einfach vergessen," gibt Frau Guericke kleinlaut zu.
„Wie lange waren Sie hier?"
„Ich brachte die Salate in den Kühlraum, ich glaube, circa zwanzig Minuten. Mir ist sonst wirklich nichts aufgefallen. Es war alles ruhig."

„Frau Guericke, können Sie sich an das Kennzeichen des Taxis erinnern, oder an Werbung am Auto?“, fragt Louis.
Frau Guericke überlegt. „Nein, ich habe dem leider keine Beachtung geschenkt. Wer rechnet denn damit, dass ein Mord geschieht“, weicht sie aus.
„Wir müssen Ihr Alibi überprüfen“, weist Louis sie darauf hin. „Wo wohnen Sie und um welche Uhrzeit waren Sie wieder zu Hause?“
„Ich wohne in Wesseln, Büntestraße, halb neun war ich zu Hause. Mein Sohn kann das bezeugen. Jeden Freitag bereitet er die Salate vor, die ich samstags im Geschäft verkaufe. Mein Nachbar, Herr Janke, kam gerade von der Arbeit nach Hause. Wir hielten ein kleines Pläuschchen im Vorgarten.“
Louis gibt Frau Guericke seine Visitenkarte. „Okay, das war`s fürs Erste. Bitte kommen Sie um fünfzehn Uhr ins Polizeirevier. Ihre

Aussage muss nochmals zu Protokoll genommen werden."
Frau Guericke zieht mit ihren vollen Lippen einen Schmollmund. „Muss das sein. Ich habe eigentlich gar keine Zeit."
„Ja, das ist erforderlich!", erwidert Louis genervt und wendet sich Richtung Ausgang.
„Herr Kommissar! Ihre Erdbeeren!", ruft sie ihm hinterher.
Louis dreht sich auf dem Absatz um und nimmt Frau Guericke den Erdbeerkorb ab. „Danke, hätte ich doch fast vergessen."

Über die Freisprechanlage ruft Louis Kollege Normen Kröger an, der sich sofort meldet.
„Hallo Louis, ich höre."
„Frau Guericke änderte ihre Aussage. Sie fuhr am Freitagabend abermals ins Geschäft und ihr kam vom Hof aus ein Taxi entgegen, circa Viertel vor acht. Nähere Angaben zu

dem Taxi konnte sie nicht machen“, berichtet Louis.
„Ich sage Sabrina Bescheid, die kann die Taxizentralen in der Umgebung abtelefonieren“, antwortet Kröger.
„Angeblich war Frau Guericke um zwanzig Uhr dreißig wieder zu Hause. Sie traf ihren Nachbarn, Herrn Janke, im Vorgarten, der ihr ein Alibi geben könnte“, informiert Louis seinen Kollegen weiter.
„Okay, Herrn Janke versuche ich zu erreichen“, sagt Kröger.
„Prima, ich fahre jetzt zu Oma Magdas Hausarzt, Doktor Dammann.“
Während Louis die Straße und Hausnummer ins Navigationssystem eingibt, denkt er nach. ‚In jedem Menschen gibt es eine Kehrseite. Frau Guericke, freundlich zu den Kunden und doch hintertrieben. Constanze Tessin scheint mir sehr gebildet zu sein. Sie ist schwerer zu durchschauen. Frank Dittmer versucht sein Leben in den Griff zu kriegen,

wahrscheinlich verdankt er so einiges seiner Tante. Angelina ist emotional. Hinter ihrer Fassade sitzt Verletzlichkeit. Ob es mir gefällt, oder nicht, solange wir ermitteln, muss ich neutral bleiben und Angelinas Kehrseite finden. Hoffentlich haben Normens feine Antennen noch nichts von meinem Gefühlschaos mitgekriegt.'
Das Klingeln des Telefons lässt Louis aufschrecken. „Hay“, meldet er sich.
„Herr Janke bestätigt Frau Guerickes Alibi“, sagt Kröger.
„Wow, das ging ja schnell, danke, Normen.“

Kurze Zeit später erreicht Louis sein Ziel in Groß Düngen. Er parkt vor der Garage eines rot verputzten Einfamilienhauses, Hausnummer vierzehn. Ein getöpfertes Schild mit dem Familiennamen Dammann hängt über dem Klingelknopf. Die Haustür öffnet sich wie von Geisterhand. Ein

zerbrechlicher, grauhaariger Mann mit Gehstock steht vor Louis. „Hallo Herr Kommissar Awolowo, ich stand am Fenster und habe Sie erwartet. Auf Pünktlichkeit lege ich nämlich großen Wert. Treten Sie ein", begrüßt ihn Doktor Dammann.
„Guten Tag, Herr Doktor Dammann, danke, dass Sie sich die Zeit nehmen, mich so kurzfristig zu empfangen."
„Wir gehen am besten ins Büro, da stören uns meine Enkelkinder nicht. Die toben mit meiner Frau im Garten auf der Rutsche. Alle fünf Minuten kommen sie rein und möchten etwas anderes spielen", lacht Doktor Dammann.
„Ich habe nichts gegen Kinder. Im Gegenteil, Kinder sind noch unschuldig und wenn sie etwas Unartiges getan haben, bringen wir ihnen bei, sich zu entschuldigen", antwortet Louis.
Louis beobachtet, wie sich Doktor Dammann mit zittriger Hand auf seinem

Stock abstützt. Mit schlürfenden Schritten geht er voran. „Das stimmt", bestätigt der Doktor und öffnet die Tür zum Büro.
Louis Augen schauen sich flink im Raum um. Er filmt die Eindrücke in sein fotographisches Gedächtnis. Das Büro ist spartanisch eingerichtet. Auf dem Aktenschrank und Schreibtisch stapeln sich bergeweise Ordner. „Herr Kommissar, entschuldigen Sie bitte die Unordnung. Ich bin noch nicht zum Wegräumen gekommen", entschuldigt sich der Doktor. „Darf ich Ihnen etwas zu trinken anbieten?"
„Nein danke, ich möchte Sie nicht lange aufhalten, nur ein paar Fragen zu Frau Magda Furchner stellen", sagt Louis.
„Frau Furchner war meine Patientin, was ist mit ihr? Warum wollten sie nicht mit mir am Telefon darüber sprechen?", fragt Doktor Dammann.
„Frau Furchner wurde Freitagnacht ermordet."

Der alte Doktor schaut betroffen. „Oh Gott, wie grauenvoll!"
„Wir haben Ihre Visitenkarte bei Frau Furchner gefunden. Können Sie mir einige Informationen über sie geben?", fragt Louis. Vollkommen gefühlsmäßig mitgenommen sinkt Doktor Dammann in den breiten Bürostuhl, der hinter dem Schreibtisch den meisten Platz einnimmt. „Die alte Magda, eine gute Seele war sie. Viele Jahre kam Frau Furchner in meine Praxis. Ich habe sie seit mindestens sechs Monaten nicht mehr gesehen, leider. Wie Sie an meinem Körper unübersehbar erkennen können, Herr Kommissar, schloss ich die Praxis aus gesundheitlichen Gründen. Auch konnte ich bisher keinen Arzt finden, der sie übernimmt. Wissen Sie denn schon wie und wer?"
„Frau Furchner wurde erstickt. Wir ermitteln in alle Richtungen, Herr Doktor."

„Gütiger Gott", murmelt der Doktor, stützt sich mit den Unterarmen am Schreibtisch ab und hebt sich langsam aus dem Bürostuhl. Hektisch suchen seine Augen und die zitternden Hände mehrere Stapel Akten durch.
Louis beobachtet amüsiert, wie noch mehr Unordnung entsteht. „Kann ich Ihnen beim Suchen behilflich sein?"
„Nein, nein, ich finde sie gleich. … Hier! Da ist sie."
Der Doktor lässt sich wieder in den Stuhl plumpsen und blättert die Akte durch. „Vor genau sieben Monaten stellte ich bei Magda Furchner durch einen Blut- und Demenztest, die Diagnose, Morbus Alzheimer, den Beginn einer Demenz fest. Ich legte ihr nahe, einen Neurologen aufzusuchen und verordnete ihr das Medikament Gingium Hundertzwanzig Milligramm."
Louis nickt. „Ich lasse umgehend überprüfen, ob dieser Wirkstoff in ihrem Blut

festgestellt werden konnte. Sprach Frau Furchner mit Ihnen darüber, ob sie irgendwelche Probleme hatte, irgendwas, bitte denken Sie nach, Herr Doktor."
Nachdenklich kratzt sich Doktor Dammann seine Bartstoppeln am Kinn. „Nein", sagt er kopfschüttelnd. „Doch! Sie sagte, dass sie das Katzenhaus auf dem Gutshof von Herbert von, wie hieß der noch?"
„Herbert-Josef von Ernstling", hilft ihm Louis auf die Sprünge.
„Ja genau, … Frau Furchner hatte vor, das Katzenhaus umzubauen und, … ich muss schleunigst meinen Nachlass regeln, solange ich noch nicht ganz plemplem bin, waren ihre Worte. Sie bat mich, mit niemandem über die Diagnose zu sprechen. Ich denke, die liebe Magda wollte ihre Krankheit so lange wie möglich verheimlichen. Doch gegenwärtig hat sich das Blatt gewendet. Erstens führe ich keine Praxis mehr, zweitens ist sie tot und

drittens, möchte ich, dass Sie ihren Mörder finden."
Louis reicht dem Doktor seine Hand. „Danke, für Ihre Aufrichtigkeit Herr Doktor. Ich setze alles daran, Frau Furchners Mörder zu finden. Das verspreche ich. Nun möchte ich Sie auch nicht länger aufhalten."
Doktor Dammann schüttelt die angebotene Hand. „Viel Glück Herr Kommissar Awolowo. Wenn Sie meine Hilfe weiterhin benötigen, rufen Sie mich an."
Noch bevor Louis zur Wache fährt, schickt er die neuen Informationen an Kollege Kröger.

‚Warum muss ein so sympathischer Mann, der sein ganzes Leben geschuftet hat, im Alter die Parkinson-Krankheit bekommen?', überlegt Louis, während er sein Auto neben den zwei abgestellten Polizeiwagen abstellt.

Am Eingang stößt Louis mit Sabrina zusammen, die mit Schwung aus dem Gebäude türmt, gefolgt von Kollege Ulli. „Hey, hey, habt ihr es aber eilig!“, ruft er.
„Wir holen Constanze Tessin ab! Normen wird dir berichten“, antwortet Ulli im Vorbeilaufen.
Gezielt geht Louis ins Büro. „Hallo Normen, was ist passiert?“
Kröger, gerade dabei, weitere Kenntnisse auf die Flipchart zu schreiben, dreht sich zu Louis um. „Wir konnten den Taxifahrer ausfindig machen. Er erkannte Constanze Tessin, die er am Freitagabend von der Rehaklinik um neunzehn Uhr dreißig zu Oma Magda brachte und dort, genau eine Stunde später, wieder abholte. Es passt nicht mit dem Todeszeitpunkt, aber die Fingerabdrücke auf der Ibuflam-Tablettenschachtel, sowie dem Kühlkissen, welches die Spurensicherung unter Oma

Magdas Sessel fand, stimmen mit ihren überein."

„Bingo! Nun soll Frau Tessin uns mal erklären, wohin die Salzkristall-Lampe verschwunden ist", klatscht Louis in die Hände.

Kröger hebt den rechten Zeigefinger in die Luft. „Freu dich nicht zu früh Kollege, das Mordmotiv fehlt uns noch. ... Im Gegensatz zu Frau Guericke, die um ihre Existenz fürchtet."

„Trotzdem gab es einen Streit zwischen ihnen, das kann die Tessin nicht abstreiten", gibt Louis zu Bedenken.

„Abwarten, in meiner langen Dienstzeit musste ich mir schon viele Lügengeschichten anhören", sagt Kröger.

„Wie lief eigentlich das Gespräch mit Roland Hommel?", fragt Louis gespannt.

Kröger macht eine betretende Miene. „Nicht so erfolgreich, wie ich mir erhoffte, leider. Ich konnte lediglich aus ihm rauskriegen, dass

Oma Magda testamentarisch ihren Neffen, Angelina und das Memory bedachte.“
Zaghaftes Klopfen an der Bürotür unterbricht die Unterhaltung. „Herein!“, bittet Louis den Besucher einzutreten.
Er erkennt sofort Frau Guerickes rundliches Gesicht. „Hallo, Frau Guericke.“
„Entschuldigung, ich bin eine Stunde zu früh, aber ich öffne mein Geschäft nach der Mittagspause um fünfzehn Uhr“, entschuldigt sie sich.
„Besser zu früh, als zu spät
. Setzen Sie sich“, antwortet Kollege Kröger und deutet auf den Stuhl vor seinem Schreibtisch, so dass Frau Guericke einen freien Blick auf die Flipchart hat.
Louis bemerkt ihren verstohlenen Blick auf die zusammengestellten Informationen, geht zu seinem Schreibtischplatz und startet den Computer. Während er das Protokoll tippt, hört er Krögers Vernehmung zu. Erneut klopft es an der Bürotür, die sich umgehend

öffnet. „Ich habe Frau Tessin in den Verhörraum Eins gebracht. Die Frau hat im Auto so laut gezetert, dass ich jetzt Ohrenstöpsel brauch“, flüstert Ulli Louis ins Ohr.
„Danke, wir kommen gleich“, antwortet er leise.
Louis wartet bis Kröger das Gespräch mit Frau Guericke beendet, druckt das Protokoll in zweifacher Ausfertigung aus und legt es ihr zur Unterschrift vor. Flüchtig überfliegt sie das Schriftstück und unterschreibt, ohne den Text zu lesen. „War's das jetzt? Kann ich gehen?“
„Ja, auf wiedersehn, Frau Guericke“, erwidert Louis.
Ohne zu antworten, verlässt sie den Raum.
„Kommst du? Auf zur Nächsten“, fordert Louis seinen Kollegen auf. „Solche Tage mag ich, immer was los auf der Wache.“
Schweigend gehen sie nebeneinanderher zum Verhörraum eins.

„Guten Tag, Frau Tessin, ich bin Hauptkommissar Kröger, meinen Kollegen, Kommissar Awolowo kennen Sie ja bereits. Bitte nehmen Sie Platz“, begrüßt er die im Sportdress gekleidete Frau.
Louis übernimmt wieder den Beobachterposten. Aufmerksam studiert er Constanze Tessins Gestik. Sie setzt sich auf den angebotenen Stuhl und verschränkt die Arme.
„Herr Kröger, warum bin ich hier? Können Sie sich eigentlich vorstellen, wie peinlich mir das war, als die Polizisten mich aus der Rehaklinik mitnahmen?“, zetert Constanze.
Geflissentlich ignoriert Kröger ihr Gehabe.
„Frau Tessin, ich weise Sie daraufhin, dass Sie keine Aussagen machen müssen, die Sie belasten und dass Sie einen Anwalt zum Verhör hinzuziehen können?“
„Ja, ja, ich brauche keinen Anwalt“, schmettert sie ab.

„Also gut, Frau Tessin. Erzählen Sie mir bitte, warum Sie am Freitagabend bei Frau Furchner waren und was dort geschehen ist."
Wie ein aufgeschrecktes Huhn schaut sie Kröger an. „Woher wissen Sie …?"
„Sie wurden gesehen."
„Von wem?", fragt Constanze herablassend.
„Frau Tessin, erzählen Sie doch einfach, was im Hause Ihrer Freundin vorgefallen ist", fordert Kröger sie nochmals, energischer auf.
Während Constanze Tessin versucht, die richtigen Worte zu finden, beobachtet Louis, wie sie aus ihrer verschränkten Haltung weicht, den Blick senkt und sich sichtlich unwohl fühlt. „Nun gut, wie Sie wissen, bin ich seit dem Unfall krank. Seit mehr als zwanzig Jahren arbeite ich für die Baufirma Brandtner in Goslar. Immer war ich für die Firma präsent, Tag und Nacht, sogar im Urlaub und jetzt will Xenia Brandtner mich aufgrund meiner Krankheit ersetzen. Das ist der Dank für meine Loyalität und Treue."

Constanze legt die Hände auf dem Tisch ab, beugt den Oberkörper nach vorn und spricht weiter: „Otto Brandtner, der Seniorchef, war mit Magda sehr eng befreundet. Magda besitzt sogar Anteile an der Firma Brandtner und Mitspracherecht. Ich wollte sie lediglich um einen Gefallen bitten."
Krögers Blick ist eindringlich. „Um welchen Gefallen handelt es sich?"
Constanze zögert. „Muss ich Ihnen das erzählen?"
„Nein, wäre aber besser für Sie", antwortet Kröger ebenso unfreundlich.
„Ich bat meine Freundin um eine Abfindung. Aber Magda sagte, dass sie keinen Einfluss mehr hat, weil sie ihre Anteile bereits an Xenia Brandtner veräußerte."
Kröger zieht seine Brille auf die Nasenspitze und die buschigen Augenbrauen nach oben. „Und davon wussten Sie angeblich nichts?"
„Nein, ich wurde bei der Entscheidung einfach übergangen", klagt Constanze.

Louis fühlt sich wohl in seiner Beobachterrolle. Amüsiert erfasst er, wie Kröger Constanze Tessin in die Enge treibt.
„Was geschah dann?“, bohrt Kröger weiter.
„Nichts, ich bin gefahren.“
„Stimmt nicht! Sie lügen!“, widerspricht Kröger, „wir fanden Splitter einer Salzkristall-Lampe an Frau Furchners Hinterkopf und auf dem Fußboden.“
Wie ein Fisch im Trockenen schnappt Constanze nach Luft, beugt abermals ihren Oberkörper vor und spricht cholerisch: „Ich habe Magda nicht getötet! Herr Hauptkommissar, das müssen Sie mir glauben! So etwas könnte ich nie tun! Magda war meine Freundin!“
Louis Blicke wandern von Person zu Person, hin und her. Krögers Mimik ist emotionslos. In Constanze Tessins Gesicht ist Verzweiflung zu lesen. Im Raum herrscht Stille. Selbst eine Stecknadel, die zu Boden fällt, würde man hören können. Louis zählt

im Stillen bis zehn, bis sein Kollege sich dazu äußert. „Ich glaube Ihnen, aber!“, stoppt er, „ich will die ganze Wahrheit hören, Frau Tessin.“
Constanzes Augen werden feucht. Sie scheint erleichtert. „Ich war wütend, weil Magda mir nichts davon erzählt hatte. Ich griff nach der Salzkristall-Lampe und wollte das Ding gegen die Wand werfen. Leider traf ich meine Freundin. Das tat mir sooo leid. Ich half ihr, sich in den Sessel zu setzen, versorgte die Wunde mit Jod und legte ein Kühlkissen auf, damit die Beule nicht anschwillt. Bevor mich der Taxifahrer abholte, gab ich Magda auch noch ein Glas Wasser und Kopfschmerztabletten.“
Aufgeregt grabscht Constanze nach ihrer Handtasche und wühlt darin. Sie zieht ein Handy raus, sucht im Telefonregister nach den letzten Anrufen und legt es Kommissar Kröger vor die Nase. „Hier, schauen Sie. Aus der Rehaklinik rief ich meine Tochter an. Das

war um zwanzig Uhr achtunddreißig, Gesprächsdauer genau vierundfünfzig Minuten."
Kröger sieht aufs Display. „Okay, Frau Tessin, ich kann Sie beruhigen, Ihre Freundin ist nicht an der Kopfverletzung gestorben", klärt er Constanze auf.
Man kann förmlich die Erleichterung spüren, die die Frau empfindet. „Nein? Woran ist Magda dann gestorben?"
„Frau Furchner wurde mit einem Kissen erstickt", antwortet Kröger.
Constanzes Unterkiefer klappt nach unten. Für einen Moment ist sie sprachlos. Kröger nutzt den Moment. „Wussten Sie, dass ihre Freundin schwer krank war?"
„Nein, Magda war immer fit. Sie ging regelmäßig spazieren, werkelte im Garten, kümmerte sich um die Tiere und so weiter. Was fehlte ihr denn?"
„Über die Diagnose, darf ich mit Ihnen nicht sprechen", erklärt Kröger. „Was haben Sie

eigentlich mit der Salzkristall-Lampe gemacht?“
„Äh, äh, die Lampe nahm ich mit. Warum zum Teufel, weiß ich nicht. Ich entsorgte das Ding im
Müllcontainer der Reha-Klinik“, gibt Constanze zu.
Louis sieht Kröger an der Nasenspitze an, was der denkt. ‚Mist, wir müssen die Lampe aus dem Container fischen.‘
Polizist Ulli erscheint im Raum. Er kommt auf Louis zu und spricht im Flüsterton: „Frau Hommel ist da und will dich sprechen.“
Louis folgt ihm nach draußen.

Dreißig Minuten später steht Louis am Fenster, schaut hinunter zum Parkplatz und sieht Frau Tessin aus dem Polizeigebäude gehen. Sie steigt auf der Beifahrerseite einer, auf sie wartenden, schwarzen Limousine ein.

Vorsichtshalber notiert sich Louis das Kennzeichen GS TX …
Auf der anderen Straßenseite parkt Angelinas Auto. Er ahnt Böses.

…

Kapitel 12 – Ein anderes Bild von Frank

Angelina, Montag, 6. August 2018

Unter der Dusche singt Angelina ihren Lieblingssong von den Spice Girls, während der warme, leicht rieselnde Wasserstrahl auf ihre Haut plätschert. „Ha – ha -ha - ha – ha - Yo. I'll tell you what I want. What I really, really want. So tell me what you want. What you really, really want."

Auf einmal hört Angelina aus dem Wohnzimmer dumpfe Schritte auf dem Parkettboden. Sofort verstummt sie, stellt den Wasserhahn aus, greift nach dem Handtuch von der Glaskabine und schlingt es um ihren schlanken Körper. Mit dem Handtuchzipfel wischt sie ein Stück des beschlagenen Glases frei und schaut ängstlich zur offenstehenden Badezimmertür. Stille … Aufgeregt schiebt sie die Duschtür so leise wie möglich auf, steigt aus der Duschwanne und schleicht sich, nur auf Zehenspitzen laufend, aus dem Bad. Schielend sucht Angelina die Kochnische und das angrenzende Wohnzimmer ab. Ein leichter Windhauch weht durch die aufgeschobene

Balkontür. Auf der Couch sieht sie Frank sitzen. Seine Augen sind geschlossen. Er brummelt: „Komm nur, ich tue dir nichts."
Ungeniert geht Angelina auf Frank zu. „Hey! Spinnst du, mich so zu erschrecken! Wie bist du hier reingekommen?"
Scheinbar unbeeindruckt von Angelinas Gezeter öffnet Frank die Augen und starrt auf ihr Dekolletee. „Ich habe geklingelt, du hast nicht aufgemacht. Also musste eine Lösung her. Die Leiter, die an dem Kirschbaum stand, brachte mich Schnurstraks über deinen Balkon zu dir."
„Die Klingel ist mit Absicht abgestellt. Du hast nicht das Recht, hier einfach einzusteigen, so wie es dir gefällt!", wettert sie weiter.
„Weiß ich, aber du würdest mir ja aus dem Weg gehen, darum …"
„Sag, was du willst und danach verschwinde!", schreit Angelina Frank an. „Oder ich rufe Kommissar Awolowo an!"
Frank lacht höhnisch. „Klar doch, holder Engel, aber zieh dir vorher was Nettes an."
Angelina grabscht nach der Kleidung, die auf der Couch neben Frank liegt, und rennt wütend ins Badezimmer. „Scheiße, warum bin ich auch so blöd

und lasse die Balkontür auf!“, flucht sie lauthals, während sie Schlüpfer, BH, ein weißes Shirt und die orangefarbige Shorts anzieht.
Angespannt geht Angelina zurück. „Bin fertig, schieß los, … maximal zwei Minuten gebe ich dir!“
„Bleib mal locker. Ich wollte dich lediglich bitten, mir zu helfen, Magdas Beerdigung zu planen“, sagt Frank.
Ungläubig fixiert Angelina seinen Gesichtsausdruck. „Willst du mich auf den Arm nehmen?“
„Nichts lieber als das“, grinst Frank. „Quatsch, ich brauche wirklich deine Hilfe. Du weißt am besten, was Magda gern mochte. Ich möchte mit dir gemeinsam und mit dem Herrn Pastor die Rede besprechen, die Gebete und die Lieder aussuchen. Deine Meinung ist mir wichtig. Es soll eine festliche Trauerfeier werden.“
Franks Worte bringen Angelina tatsächlich zum Staunen. Sie überlegt, bevor sie antwortet: „Okay, wenn dir meine Meinung wichtig ist, Oma Magda zu liebe, aber ich stelle dir zwei Bedingungen.“
Frank stutzt, zwirbelt mit den Fingerspitzen seinen Bart. „Welche Bedingungen?“

„Als Erstes beantwortest du mir eine Frage. Ich will eine ehrliche Antwort von dir!"
Er nickt. „Frag."
„Hast du irgendwas mit Oma Magdas Tod zu tun?"
„Spinnst du! Ich will genau wie du ihren Mörder finden!", kontert Frank. „Du wirst es vielleicht nicht glauben, aber ich liebte Magda, nur auf meine Art."
Angelina streckt sich, um ein bisschen größer zu wirken. „Hm, ich weiß nicht recht, ob ich dir glauben soll."
„Ach, Angel, Magda packte dich immer in Watte. Jetzt ist der Zeitpunkt gekommen, erwachsen zu werden und selbst unbequeme Entscheidungen zu treffen. … Zweite Frage?"
Seine Worte kränken sie. „Du musst dein Outfit ändern, siehst aus wie ein Waldschrat", schmettert Angelina zurück.
„Was!? Du spinnst schon wieder. … Wie meinst du das?"
Angelina blinzelt ihn an. „Naja, so ungepflegt, wie du aussiehst, gehe ich mit dir nicht zum Pastor und schon gar nicht zur Beerdigung."
Frank schweigt. ‚Das hat gesessen', denkt sie.

„Sorry, ich wollte dich nicht verletzen. Meine Gusche ist manchmal schneller wie mein Kopf“, entschuldigt Angelina sich dann doch.
„In der Hinsicht, denkst du wie Magda. Zwei zu null für euch“, gibt er zu. „Würdest du mich beraten? Ich meine mit Outfit und so, du weißt schon.“
„Kommt ganz drauf an, wie spontan du bist.“
„Wiesoooo?“, fragt Frank ahnend.
Angelina grient. „Heute ist Montag, im Friseurstudio sind wir alleine.“
„Was jetzt?“, protestiert er.
„Logisch, wann sonst. Rechnung geht aufs Haus“, bestimmt Angelina und greift nach dem Geschäftsschlüssel vom Schlüsselboard. „Hopp, hopp, worauf wartest du?“
Unwillig erhebt sich Frank vom Sofa. Ohne zu sprechen, folgt er ihr die Treppe hinunter, den Flur entlang in den Friseursalon. Angelina zeigt auf den Frisierstuhl. „Bitte, setz dich.“
‚Frank hat Schwierigkeiten mir zu vertrauen. Ich muss ausprobieren, wie weit ich gehen kann. Seine langen Haare und sein Bart sind sein Panzer‘, grübelt sie, deckt geflissentlich den Spiegel mit einem Tuch ab, damit er sich nicht sehen kann und setzt die Schere an.

Wie verabredet wartet Angelina zur vereinbarten Uhrzeit im Auto vor der Tischlerei. Unruhig schaut sie auf die silberne Armbanduhr an ihrem Handgelenk. ‚Ausnahmsweise bin ich pünktlich und jetzt lässt Frank mich schmoren. Vielleicht erscheint er auch nicht, weil er sauer ist. Als ich das Tuch vom Spiegel entfernte, verzog er keine Miene. Kein danke, sieht gut aus, nix. … Will Frank sich jetzt rächen? Egal, dann finde ich eben Günther und Constanzes Geheimnis alleine raus. Bloß, wie komme ich da rein? Das Tor ist abgeschlossen.'
Angelina hört das typische Motorengeräusch eines Pickups. ‚Ah, da kommt ja meine Lösung. Angel, stell dich dumm, dass kriegst du hin. Mit Frank bin ich schließlich auch fertig geworden, also …Tschakka! Ich schaffe das!'
Günther Zacharias fährt um die Blumeninsel herum und parkt seinen schweren Wagen direkt hinter ihrem grünen Flitzer. Sie steigt aus dem Auto und wartet, bis der große Mann vor ihr steht. „Hallo Herr Zacharias."
„Hallo Angelina, was machst du hier?", fragt er erstaunt.

„Ich wollte Sie besuchen und fragen, ob sie zu Oma Magdas Beerdigung kommen?"
„Selbstverständlich! Ach, Angelina, es muss ein unbeschreiblicher Schock für dich gewesen sein. Wie geht's dir?"
„Beschissen ist geprahlt", antwortet Angelina ehrlich.
Freundschaftlich legt Günther seinen Arm um ihre Schulter. „Verstehe ich. Wenn ich zu Magdas Haus rüber blicke, denke ich jedes Mal, sie kommt gleich aus dem Garten und sucht nach Tinka. Möchtest du mit in die Werkstatt kommen und mit mir einen Zitroneneistee trinken? Da können wir uns in Ruhe unterhalten", bietet er an.
„Ja, gerne", nimmt sie das Angebot an.
Günther Zacharias öffnet das Vorhängeschloss und schiebt das Tor auf. Während Angelina ihm folgt, schaut sie sich in der Werkstatt um. Das Holzlager ist aufgeräumt und die Arbeitsgeräte in den Regalen verstaut. Nur unter der Hobelbank ist der Boden mit etwas Holzspan bedeckt. Ihr fällt auf, dass Günther humpelt, als er zu der am Ende des Raumes auffallenden Kiefernholzbar schlurft. Hinter der Bar strotzt ein mindestens drei Meter breiter, dreitüriger, aus gleichem Holz, befindlicher

Kleiderschrank. Der Bartresen ist mit einer graumarmorierten Marmorplatte versehen. Auf der Platte steht eine mit Tee gefüllte Glaskaraffe und Gläser. Günther gießt den Tee in zwei Gläser und reicht Angelina eins. „Der Zitronentee ist von heute Mittag. Ich hoffe, der schmeckt noch."
Angelina nippt am Glas und verzieht das Gesicht. „Äh, sauer."
„Das sagt meine Tochter auch immer, aber dann trinkt sie ihn trotzdem", lacht Günther.
„Warum humpeln sie?", fragt Angelina.
Er zeigt auf eine ramponierte Teakholzkommode. „Beim Abladen vom Transporter ist mir die blöde Kommode auf den Fuß gerutscht."
„Autsch, dass muss weh getan haben."
„Hallo Angelina, hallo Günther", hört sie plötzlich Frank hinter sich.
Erschrocken dreht Angelina sich um. ‚Menno, warum schleicht der Blödmann sich immer wie eine Kobra an und erschreckt mich.'
Grienend kommt Frank auf sie zu. „Entschuldige bitte die Verspätung."
Angelina antwortet ihm nicht. Augenblicklich erkennt sie, dass Günther sich unwohl fühlt. „Frank! Fast hätte ich dich nicht erkannt, du siehst

so ganz anders aus. Sag, was willst du? Ich habe kein Geld mehr. Du hast alles aus der Kasse mitgenommen, als du mich hier mit Constanze eingeschlossen hast", sagt Günther verärgert.
Verdattert schaut Angelina Günther an. ‚Hä, wieso Frank? Bianca und ich haben doch …'
„Ich wollte euch Sonntagmorgen wieder rauslassen, aber der eifrige Kommissar war ja schneller", antwortet Frank und löst somit Angelinas Rätsel auf.
„Du hast Constanze einen ganz schönen Schrecken eingejagt", wirft Günther Frank vor.
Frank feixt. „Das war meine Absicht und jetzt will ich, dass du Angelina zeigst, was du in dem Anbau verbirgst."
Günther weicht einige Schritte rückwärts. „Nein, das hätte Magda nicht gewollt!"
„Ich aber. Los, mach schon!", befiehlt Frank.
„Nein!", schreit Günther zurück.
„Doch! Leg dich nicht mit mir an, wenn du die Werkstatt behalten willst", droht Frank.
Günther erhebt die Hand gegen ihn. „Du drohst mir?"
Blitzschnell packt Frank Günthers Hand und hält sie fest. „Nein, ich versuche dich nur zu

überzeugen, dass Angelina ein Recht darauf hat, zu wissen, was hinter diesen Mauern geschieht."
„Du spinnst doch!", schimpft Günther.
Angelina sieht den Zorn in Franks Augen. „Magda ist ermordet worden und ich glaube, es hat mit dir und den Automaten zu tun! Ist es nicht auch in deinem Interesse, ihren Mörder zu finden?", wirft Frank Günther vor.
„Frank, du glaubst doch nicht im Ernst, dass ich … Wir kennen uns schon seit Ewigkeiten, wir waren Freunde!", versucht Günther die Situation zu retten.
Mit tiefer Enttäuschung in der Stimme antwortet Frank: „Ja, bis zu dem Zeitpunkt, wo du noch Günther warst."
Unbehaglich hampelt Angelina von einem Bein aufs andere. ‚Von welchem Anbau sprechen die? Automaten? Ich verstehe nur Bahnhof. Bevor die beiden sich an den Kragen gehen, muss ich einschreiten. Oder soll ich besser abhauen? Nein, dann erfahre ich ja nie was hier los ist', überlegt sie.
Wütend stampft Angelina mit dem Fuß auf. „Stopp! Hört auf!", schreit sie so laut, dass alle Nachbarn im Umkreis von zwanzig Kilometern wach werden könnten. „Ich kann selbst entscheiden was ich will und was ich nicht will!"

Entgeistert schauen sie beide an. „Ist ja gut, kommt mit“, gibt Günther nach, zieht unter dem Tresen eine nicht gesicherte Kassenschublade auf und holt einen Anhänger mit zwei Schlüsseln raus.
Günther dreht sich zum Kleiderschrank um, schließt die Mitteltür auf, greift hinein und schiebt die geteilten Schrankrückwände, eine zur rechten, die andere zur linken Seite, weg. Zum Vorschein kommt eine graue Stahltür. Mit dem zweiten Schlüssel schließt er auch die Tür auf. Angelina betritt hinter Günther den begehbaren Kleiderschrank, gefolgt von Frank und glaubt, von jetzt auf gleich, sich in einer anderen Welt zu befinden. Sie traut ihren Augen kaum. Der Fußboden ist mit knallrotem Teppich, inklusive gelben Sternchen drauf, ausgelegt. Die Wände sind mit hellgrauen Platten gedämmt. An der rechten Wand befinden sich zwei, mit schwarzer Folie, abgedunkelte Fenster. Weiß, rot gepunkteter Store dient als Dekoration. Von der Decke hängen kitschige, goldfarbene Kronleuchter. Totenstille herrscht im Raum. Muffiger Geruch steigt in Angelinas Nase. Ihr Mund ist wie ausgetrocknet, nur vom Tee ist noch ein bisschen Zitronengeschmack auf der Zunge geblieben.

Gespannt beobachtet sie, wie Günther dunkelblaue Hussen, mit weißer Aufschrift NICE PLAY, von irgendwelchen Kästen zieht, die Hussen in einem in der Ecke stehenden Regal verstaut und im darüber hängenden Sicherungskasten alle Hebel nach oben drückt. Angelina schluckt und starrt gefesselt auf die Automaten, die auf einmal surrende Geräusche von sich geben. Kurze Zeit später beginnen sie unterschiedliche Melodien zu spielen. „Was ist das hier?“, fragt Angelina ungläubig.
Frank lacht höhnisch. „Günther und Magdas heimliches Spielcasino.“
„Frank, kneif mich mal. Ich glaube, ich träume.“
Anstatt sie zu kneifen, nimmt Frank ihre Hand in seine. „Nein, du träumst nicht.“
Hastig entzieht Angelina sich seiner Berührung und stürmt auf Günther zu. Ihre Fäuste prasseln auf seine Brust. Fassungslos schaut sie zu ihm auf. „Was haben Sie mit Magda gemacht!“
Instinktiv greift Günther Angelinas Handgelenke und hält sie fest. „Angelina! Beruhig dich! Lass es mir dir erklären.“
Ungehalten hält Angelina seinem Blick stand. Sie sieht die Traurigkeit in seinen Augen und hält inne. Ihr Ton wird leiser. „Bitte, erkläre es mir.“

Günther lässt von ihren Handgelenken ab. „Das hier sind Retro Spielautomaten aus den siebziger- und achtziger Jahren. Mich hat schon immer die Technik interessiert und irgendwann habe ich mal einen günstigen, nicht mehr ganz funktionstüchtigen, Automaten im Internet ersteigert. Im Gegensatz zu der heutigen Elektronik, sind das Walzenspielgeräte. So konnte ich mit ein paar Ersatzteilen das Gerät zum Laufen bringen. Ich bestellte einen zweiten, dann einen dritten und stellte einfach die Münzeinwürfe von Deutsche Mark auf Euro um. Es macht mir Spaß daran zu basteln. Magda fand das auch toll."
„Und was habt ihr dann damit gemacht?", fragt Angelina.
„Na, gespielt, was sonst? Willst du mal probieren?", bietet ihr Günther an.
Angelina greift in die Hosentasche, holt ein paar zehn und zwanzig Cent Stücke raus. „Das ist der Rest vom Tanken."
„Angelina, lass sein. Der Rest ist schneller weg, wie du das ABC aufsagen kannst", mischt Frank sich ein.
„Ich will es aber verstehen", protestiert sie.

Frank zückt seine Geldbörse aus der Hosentasche und geht zu einem der Spielautomaten. „Okay, dann nehmen wir mein Kleingeld. Günther erklär es ihr, damit sie mich nicht mit Fragen löchert."
Günther ist voll in seinem Element. „Dieser Kartenspielautomat ‚Card Jack Game' ist ein Model von 1989. Schau mal, ich musste den Holzkorpus komplett neu aufarbeiten. Er war total beschädigt."
„Günther! Wir wollen wissen, wie wir mit dem Gerät spielen, mehr nicht", sagt Frank.
Günther verzieht das Gesicht. „Ich möchte, dass du meine Arbeit wertschätzt, Frank."
„Ist ja gut, mach ich, weiter …"
„Das beliebteste Spiel ist siebzehn und vier", erläutert Günther. „Du buchst dein Geld auf den Punktespeicher, stellst das Level auf den gewünschten Centbetrag und beginnst mit dem Spiel über die Starttaste."
Angelina drückt auf die Taste und sofort beginnt der Apparat eine Melodie zu spielen. „Das Spiel kenn ich, das habe ich früher immer mit meinem Bruder gespielt", sagt sie begeistert und spielt bis alles Geld weg ist. „Schade, schon zu Ende, leider nichts gewonnen."

„Doch Angelina, du hast an Erfahrung gewonnen“, meint Frank trocken.
„Und was ist das für ein Gerät?“, fragt sie neugierig und zeigt auf einen Automaten mit einer Erdkugel im Display.
„Der ist aus den Siebzigern, einer der Beliebtesten auf dem Markt. Die runden Scheiben spielen die Umlaufbahnen um den Globus“, klärt Günther Angelina weiter auf.
„Jetzt ist Schluss!“, ruft Frank genervt, tritt zwischen ihnen und zieht Angelina am Jackenärmel von den Spielgeräten weg.
Ärgerlich reißt sie sich los. „Hey, lass mich, ich habe noch ein paar Fragen.“
Angelina wendet sich wieder Günther zu und erkennt blitzschnell in seinem Gesicht, dass er ahnt, worauf sie hinauswill. „Wer kommt denn noch so hierher, um zu spielen?“, fragt sie daher scheinbar naiv.
„Namen sage ich nicht“, antwortet Günther, „die Leute sind jedenfalls gute Bekannte von Magda, Constanze und mir. Nur Insider wissen hiervon.“
Angelina tut so, als ob sie überlegt, bevor sie die nächste Frage formuliert: „Was geschieht denn mit

den Automaten, wenn sie die Neuen fertig restauriert haben? So viel Platz ist hier ja nicht."
„Ich verkaufe sie."
„Aha, und an wen?", reizt sie ihn.
In Günthers Gesicht schießt Röte. „Das geht euch gar nichts an! So, raus jetzt, genug!"
Angelina merkt sofort, ins Wespennest gestochen zu haben. Mit einer unmissverständlichen Geste fordert Günther sie auf, den Raum durch den getarnten Kleiderschrank zu verlassen. ‚Ich halte besser meine Klappe und verschwinde. Mission erfolgreich abgeschlossen', findet Angelina und huscht geschwind hindurch.
Mit Vollgas fährt Angelina vom Hof, den Kiesweg entlang und verlässt Magdas Grundstück. Ein Blick in den Rückspiegel und sie erkennt, dass Frank sie mit seinem Motorrad verfolgt. ‚Mist, wie werde ich den los.'
Am Ende des Bachgrabenweges tritt sie voll in die Bremse und kommt knapp vor dem Stoppschild zum Halten. Eine Polizeistreife biegt vor ihr in die Straße ein. ‚Na was für ein Zufall.'
Vorschriftsmäßig fährt Angelina dem Polizeiauto hinterher. Frank hält sich zurück. ‚Supi, scheint

ganz so, dass sich heute meine Problemchen von alleine auflösen.‘
Unbewusst folgt sie der Polizeistreife bis zur Wache und parkt ein. ‚Das Schicksal führt mich also hierher. So soll es sein. Herr Kommissar ich komme.‘

Am Empfang sitzt eine junge Frau in Uniform und grüßt freundlich: „Hallo, was kann ich für Sie tun?“
„Hallo, mein Name ist Angelina Hommel. Ich möchte Kommissar Awolowo sprechen.“
Augenblicklich drückt die Polizistin eine Taste. „Setzen Sie sich bitte einen Moment in den Warteraum, ich sage Bescheid.“
Angelina bedankt sich, geht in den kleinen Warteraum und setzt sich auf einen der drei nebeneinander, stehenden Holzstühle. Während sie auf die leere, kalkweiße Wand starrt, kommen ihr Zweifel. ‚Hoffentlich tapse ich nicht wieder ins Fettnäpfchen, wenn ich Kommissar Awolowo von Frank und Günther Zacharias erzähle. Was ist, wenn …‘

Louis Awolowos hohe Stimme reißt Angelina aus ihrer Fantasie. „Hallo Angelina, Sie wollten mit mir sprechen."
Erschrocken springt Angelina vom Stuhl auf und schaut in sein markantes Gesicht. „Hey, kann ich Ihnen etwas anvertrauen?", fragt sie zaghaft.
„Natürlich, das haben wir doch so abgemacht. Folgen Sie mir", antwortet Kommissar Awolowo und führt Angelina am Empfang vorbei, eine Treppe hinauf in einen Bürotrakt.
Am Ende des Ganges öffnet er eine Tür, an der ein handgemaltes Schild, Personalraum, hängt. „Ich denke, hier sind wir um diese Zeit ungestört."
Angelina schaut sich um. Links ist eine Küchenzeile, die mit Kaffeemaschine und Mikrowelle ausgestattet ist, gegenüber eine gemütliche Tischgruppe. Auf dem Tisch steht sogar eine Vase mit einem bunten Blumenstrauß. „Setzen Sie sich. Möchten Sie einen Kaffee trinken?", fragt Kommissar Awolowo.
„Ja, danke, bitte mit Milch."
Während er den Kaffee aus der Thermoskanne in zwei Tassen gießt, beobachtet sie ihn. Er trinkt seinen Kaffee schwarz, für sie schenkt er Milch hinzu und reicht ihr die Tasse. „Die Blumen sind

schön“, sagt Angelina, weil ihr gerade nichts Besseres einfällt.
„Eine Kollegin hatte Geburtstag. So, was wollten Sie mir erzählen?“, kommt Kommissar Awolowo auf den Punkt und setzt sich neben Angelina.
Angelina versucht, ihre Anspannung zu unterdrücken und spricht leise: „Heute Morgen überraschte mich Frank, mit der Bitte, ihm bei Oma Magdas Beerdigung zu helfen. Ich glaube, Frank geht ihr Tod näher als ich dachte und ich hatte ein komplett falsches Bild von ihm. Eigentlich ist er ganz nett.“
In Kommissar Awolowos Gesicht erkennt Angelina keine Regung, nur Beachtung. Sie beschließt weiter zu berichten: „Vorhin trafen wir uns bei Günther Zacharias in der Tischlerei. Der Zacharias hat ein Spielcasino im hinteren Gebäude versteckt. Man muss durch einen getarnten Kleiderschrank gehen, dahinter ist der Raum. Frank ist davon überzeugt, dass das mit Oma Magdas Tod zu tun hat.“
„Mein Kollege und ich wissen davon. Wir waren gestern bei Herrn Dittmer“, sagt Kommissar Awolowo.

Angelina lehnt sich mit dem Rücken an die Stuhllehne und verschränkt die Arme. „Sie wissen davon? Was unternehmen Sie?"
„Wir kümmern uns darum. Mehr darf ich Ihnen nicht sagen."
„Steckt Constanze mit dem Zacharias unter einer Decke? Schließlich haben die sich ja am Samstag in der Tischlerei getroffen", bohrt Angelina weiter.
„Genau das versuchen wir rauszufinden."
Angelina schmollt. „Okay, dann helfe ich Ihnen jetzt auch nicht mehr!"
„Angelina, ich möchte nicht, dass Sie mir auf diese Art und Weise helfen. Sie bringen sich mit solchen Aktionen in Gefahr! Ist Ihnen das eigentlich bewusst?", redet Kommissar Awolowo ihr ins Gewissen.
„Ich bin schon ein großes Mädchen und kann auf mich aufpassen!", antwortet sie trotzig.
„Nein, das ist dumm. Glauben Sie, Ihre Oma Magda hätte gewollt, dass Sie sich unnötig in Gefahr bringen?", versucht er Angelina zur Vernunft zu bringen.
„Kein Kommentar Herr Kommissar. … Haben Sie eigentlich die Salzkristall-Lampe gefunden?", fragt Angelina frech.

„Nein, können Sie mit Sicherheit sagen, dass Oma Magda die Lampe von Constanze Tessin bekam?"
„Ja, Herr Kommissar."
Kommissar Awolowo lehnt sich vor. Nur wenige Zentimeter trennen ihre Gesichter. „Angelina, bitte versprechen Sie mir, keine Alleingänge mehr zu unternehmen. Ich möchte mir nicht auch noch Sorgen um Sie machen müssen."
Wie von selbst kommen die Worte über ihre Lippen: „Könnten Sie das mal genauer erklären?"
Erwartungsvoll wartet Angelina auf seine Antwort. Sie spürt eine Anziehungskraft zwischen ihnen, wie bei einem Magneten. „Also gut, ich mag Sie", gibt Kommissar Awolowo zu.
Langsam erhebt Angelina sich vom Stuhl und geht zur Tür. Bevor sie hinausgeht, dreht sie sich nochmal zu ihm um und flüstert: „Ich Sie auch, Herr Kommissar."

Angelina schaltet den CD-Player ein, lehnt sich im Fahrersitz zurück und lauscht der Musik. Die Worte kreisen in ihrem Geiste. ‚Ich mag Sie, Angelina. Ich Sie auch Herr Kommissar.'

Intuitiv schaut Angelina zum Eingang der Polizeiwache. Eine Frau in Sportkleidung, kommt aus dem Gebäude und geht zielstrebig auf eine schwarze Limousine zu. ‚Hei di, hei do, das ist Constanze', erkennt Angelina und rutscht automatisch den Sitz weiter runter, sodass sie nur noch zwischen Lenkrad und Frontscheibe gucken kann.
Der Fahrer der Limousine lässt den Motor an. Constanze steigt auf der Beifahrerseite ein und sie fahren davon. Spontan greift Angelina nach Cap und Sonnenbrille vom Armaturenbrett, setzt es sich auf und startet ebenfalls. Sie beeilt sich, um die Limousine einzuholen. Mit ausreichend Abstand verfolgt Angelina das Fahrzeug zum Kurmittelhaus. Der Fahrer parkt auf dem Parkplatz vor dem Therapiezentrum ein.
Angelina stellt ihr Auto auf dem Privatparkplatz am CASA NOVA ab, wartet und beobachtet, dass Constanze und ihr Begleiter zum Restaurant gehen. Unauffällig geht sie hinterher. Die Beiden setzen sich an einen kleinen Tisch am Ende der Terrasse. Constanze, mit Aussicht auf den Fluss, ihrem Begleiter gegenüber. Angelina setzt sich an einen freien Platz zwei Tische hinter ihnen. Sie

schmunzelt. ‚Prima Constanze, bleib mit dem Rücken zu mir sitzen, dann wirst du mich nicht bemerken und ich kann euch bestens belauschen.'
Frau Beljan erscheint mit einem Tablett in der Hand. Angelina schaut ihr direkt ins Gesicht und hält den Zeigefinger vor den Mund. Sie flüstert: „Hallo Frau Beljan, alle Parkplätze sind belegt. Ich habe ausnahmsweise hinter Ihrem Auto geparkt. Ist das okay?"
„Naja, wenn es nicht zur Gewohnheit wird. … Was möchtest du trinken, Angelina?", spricht Frau Beljan leise.
„Eine Cola, … könnten Sie mir bitte auch einen Zettel und Stift mitbringen?"
Frau Beljan nickt und geht zu den Nächsten Gästen. Constanzes Begleiter bestellt zwei Kännchen Kaffee plus Apfelkuchen. Sein Akzent ist nordisch. ‚Der kommt bestimmt aus Norwegen, das passt zu seinen blonden Haaren', überlegt Angelina und strengt sich an, die Unterhaltung zwischen ihnen zu verstehen.
„Die Kommissare glauben mir. Ich denke, dass ich Herrn Anwalt Hommel vorerst nicht in Anspruch nehmen muss", sagt Constanze.

„Irgendwo muss doch aber der Computer-Stick sein. Bist du dir sicher, dass du überall gesucht hast?“, fragt der Mann.
„Natürlich, ich bin doch nicht blöd“, erwidert Constanze gereizt.
„Wenn der Stick in die falschen Hände kommt, … ich mag gar nicht dran denken“, jammert der Mann.
„Die Polizei hat das ganze Haus auf den Kopf gestellt. Hätten die den Stick, würde ich nicht mit dir hier sitzen“, versucht Constanze ihn zu beruhigen.
„Auf dem Laptop war nichts zu finden. Ich habe alle Speicher durchsucht“, berichtet der Mann.
„Das ist gut. Du musst den Laptop entsorgen und zwar schnell“, befiehlt Constanze ihm.
Frau Beljan erscheint an Angelinas Tisch, stellt die Cola ab, legt einen Stift und Papier daneben. Angelina bedankt sich mit einem Lächeln.
Constanzes angeregte Unterhaltung mit dem Mann stoppt sofort, als Frau Beljan die Bestellung serviert. Sie bedanken sich höflich. Nachdem Frau Beljan sich zurückgezogen hat, beginnt der Mann das Gespräch fortzuführen: „Xenia darf von alldem nichts erfahren. Versprich mir das. Sie setzt mich sonst vor die Tür und Otto schickt mich in die

Hölle. Ich möchte nicht nochmal mein Leben von Neuem umkrempeln."
Constanze versucht ihn zu beruhigen. „Ach Thijs, Xenia wird nichts erfahren. Dafür sorge ich schon. Schließlich müssen wir noch ein bisschen Geld einnehmen. Der Zacharias ist so dumm und weiß gar nicht, was die alten Schätze bringen, wenn die in Betrieb sind."
‚Aha, Thijs heißt der Mann. Seine Freundin muss Xenia sein und Otto ihr Vater. Moment mal, Otto Brandtner ist gemeint', zieht Angelina die Schlussfolge aus dem Gehörten und malt einen Smilie auf den Zettel mit den Notizen.
Genug gehört, entscheidet Angelina und steht vom Platz auf. Den Zettel steckt sie sich klein gefaltet in die Hosentasche. Just in dem Moment dreht sich Constanze um. Völlig perplex schaut Constanze Angelina an.
„Hallo Constanze, das ist ja eine Überraschung Sie hier zu treffen", versucht Angelina die Situation zu retten.
„Ähm, ja, ich komme gerne hierher. Der Kuchen schmeckt hervorragend", antwortet Constanze verlegen.

„Ich weiß, Frau Beljan backt den Kuchen selber. Sie war eine Freundin meiner Mama."
Eine unangenehme Gesprächspause entsteht. Angelina kann Constanze an der Nasenspitze ansehen, dass sie befürchtet, das Gespräch mit Thijs belauscht zu haben und will der Lage entfliehen. „Entschuldigung, ich bin mit Frank verabredet, Magdas Beerdigung planen und muss mich sputen."
„Oh, natürlich, … sagst du mir bitte Bescheid, wann die Beerdigung stattfindet", erwidert Constanze honigsüß.
„Selbstverständlich", antwortet Angelina und nickt Constanze zu.
„Wiedersehn, Angelina."
Angelina läuft zum Auto und knallt die Autotür zu. ‚Scheiße, bin ich ein Trampeltier. Was mach ich jetzt? Hm, die Lösung ist, ich schaue bei Bibi vorbei', entscheidet sie spontan und braust davon.

Angelina hört aus Biancas Wohnung laute Musik und drückt den Klingelknopf zehnmal hintereinander, bis sich endlich die Haustür öffnet. Der schwarzhaarige Selim steht vor ihr mit einem Kochlöffel in der Hand. „Hey Karotti,

Tschuldigung Angelina. Bibi ist nicht da, aber wenn du willst, komm rein. Ich koche“, bietet er frohgelaunt an.
Angelina zieht die Nase kraus: „Man riechts, ich glaub, dir brennt was an.“
„Verflucht! Mein Risotto!“, schimpft Selim laut und rennt, wie vom Blitz getroffen, in die Küche.
Grinsend folgt sie ihm und stellt den CD-Player leiser. „Was kochst du?“, fragt Angelina interessiert.
„Risotto und türkisches Rindergulasch mit viel Gemüse drin“, erklärt Selim.
„Mit Knoblauch?“
„Na logisch, da müssen mindestens fünf Zehen rein. Willst du mal probieren?“
Selim nimmt den Deckel vom Kochtopf und reicht Angelina einen Esslöffel. Zaghaft probiert sie die vor sich hin köchelnde Soße und staunt. „Wow, das ist lecker. Ich wusste gar nicht, dass du so gut kochen kannst.“
„Ach, weißt du, in einer türkischen Familie kochen eigentlich nur die Frauen. Aber ich liebte es, meiner Oma beim Backen und Kochen zuzuschauen. Die verschiedenen Gerüche von Kräutern und Gewürzen finde ich einfach mega toll. Irgendwann hatte sich Oma mal die rechte Hand gebrochen und

ich musste ihr helfen. So lernte ich das“, erzählt Selim stolz.
„Finde ich gut“, antwortet Angelina ehrlich.
„Bibi kommt erst in einer Stunde nach Hause. Sie ist in Hildesheim beim Frauenarzt. Möchtest du zum Essen bleiben? Es ist genug da“, lädt Selim sie ein.
„Danke für die Einladung. Aber mein Tag war echt stressig und ich möchte lieber nach Hause. … Hast du zufällig einen Zettel und Stift für mich, dann schreibe ich ihr eine Nachricht.“
Selim zeigt auf den alten Küchenschrank gegenüber. „Klar, da drüben. Warum schreibst du keine WhatsApp?“
„Ist zu lang“, antwortet Angelina knapp, schreibt den Zettel voll und faltet ihn zusammen.
Selim lacht. „Die Briefchen erinnern mich an unsere Schulzeit, weil Herr Polle vor jeder Unterrichtsstunde die Handys einkassierte.“
„Ja, stimmt, der war echt nervig. Also tschüss dann, bis bald mal“, verabschiedet sich Angelina.
Während des Nachhauseweges versucht sie das Gespräch mit Selim zu rekonstruieren. ‚Heute war er gar nicht schlimm, eigentlich sogar nett.‘

Dann grinst Angelina bei dem Gedanken. ‚Scheinbar hat Bibi ihm bei sechzig Grad den Kopf gewaschen und danach den Schleudergang benutzt.'

Angelina steigt die Wendeltreppe zu ihrem Appartement hinauf. Schlagartig bleibt sie auf dem Absatz stehen. Viktor sitzt auf der obersten Treppenstufe mit Katze Pinsel im Arm. „Hey, Vik, was machst du auf der Treppe? Wieso ist Pinsel bei dir?", fragt Angelina erstaunt.
„Ich habe auf dich gewartet, du gehst ja nie ans Telefon, wenn man dich anruft", antwortet Viktor vorwurfsvoll.
„Ich war bei Bianca", rechtfertigt sie sich.
Viktor zeigt mit dem Finger auf die Wohnungstür. „Dein Schloss wurde geknackt und die Bude durchsucht."
„Waaaas?!", schreit Angelina, drängt sich an ihm vorbei und flitzt in die Wohnung.
Wütend schaut Angelina sich um. Ihr kleines, gemütliches Reich kommt einem chaotischen Hexenhaus nahe. Die Bücher aus den Regalen gerissen, vermischt mit dem Inhalt aus den Schubläden, auf dem Fußboden verteilt. Die

Kommodentüren offenstehend, bergeweise Handtücher und Wäsche türmen sich auf der Couch. In der Kochnische sieht`s nicht besser aus. ‚Fehlt nur noch der Reisigbesen in der Ecke', denkt sie bitter.
Aufgebracht sucht Angelina nach Oma Magdas Fotobuch und wühlt sich durchs Chaos. „Da ist es ja!"
Sie bückt sich danach, hebt es vom Fußboden auf und drückt ihr Heiligtum fest an die Brust.
„Sieht schlimm aus, … fehlt was?", hört sie Viktor fragen.
Angelina zuckt die Schultern. „Ich finde meinen Laptop nicht. Scheiße, da sind meine ganzen Arbeiten für die Berufsschule drauf."
„Aber da ist doch einer", sagt Viktor trocken und zieht einen Laptop unterm Wäscheberg hervor.
Angelina stutzt. „Ne, das ist nicht meiner. Das ist Oma Magdas Laptop! Guck, ihr Name ist draufgeklebt! Constanze, du fiese Bitch! Ich weiß, dass du das warst!"
„Beruhig dich, das war keine Frau. Ich habe einen Mann gesehen, der hier drin war. Fast hätte der mich um gerempelt", berichtet Viktor.
„Waaaas? Spinnst du!", schimpft Angelina.

Viktor stottert: „Ich, ich, wollte doch nur nachgucken, ob dir etwas passiert ist, weil es so laut gescheppert hat."
„Schon gut Vik, tut mir leid. … Wie sah der Mann aus? Kannst du ihn beschreiben?"
Er nickt. „Der war groß und blond."
„Trug der Mann Jeans und ein weißes Hemd?"
Viktor kratzt sich am Kopf. „Kann sein, … weiß nicht, so genau habe ich nicht geguckt. Du solltest den Kommissar anrufen, dem ich die Zettel gebracht habe."
„Nein! Auf keinen Fall!", schreit Angelina.
Viktor gibt nicht auf. „Warum nicht?"
„Sag ich dir nicht."
„Du bist gemein! Ich erledige nie wieder was für dich!", rebelliert Viktor und stampft mit dem Fuß auf.
Angelina legt den Arm um seine Schulter. „Okay, du hast gewonnen. Ich ruf ihn an."

…

Kapitel 13 – Günthers Retro-Spielcasino

Kommissar Louis Awolowo, Montagabend

Louis Awolowo und Normen Kröger betreten Günther Zacharias Tischlerei. „Guten Tag, ich habe Sie bereits erwartet“, empfängt sie Zacharias.
„So, so, das habe ich mir gedacht“, antwortet Kröger und deutet auf den abgebauten Kleiderschrank hin, dessen Korpus an der Wand lehnt. „Wie ich sehe, haben Sie schon Vorarbeit geleistet. Führt die Stahltür in das hintere Gebäude?“
„Ja, kommen Sie mit“, antwortet Zacharias.
Louis geht ihm, gefolgt von Kröger, hinterher. „Oh, welche Überraschung! Herr Dittmer, mit Ihnen haben wir nicht gerechnet“, sagt Kröger erstaunt.
„Nun ja, es geschehen auch Wunder“, antwortet Frank Dittmer.
Schweigend achtet Louis auf Dittmer und Zacharias Mimik, während Kröger den gesamten Raum inspiziert. Alles deutet auf eine kleine, gemütliche Bastelwerkstatt hin. Kröger zieht verärgert seine Augenbrauen hoch und zeigt auf vereinzelte

Geräteteile, die, zugehörig zu den jeweiligen Spielautomaten, in Kartons gepackt und gekennzeichnet wurden. „Dann erklären Sie uns mal das Wunder hier“, fordert er Zacharias auf.
Louis merkt, dass Günther Zacharias, im Gegensatz zu Frank Dittmer, aufgeregt ist. Immerzu reibt er die schmutzigen Hände an seiner blauen Arbeitshose. Stockend versucht Zacharias die Lage zu erklären: „Ich habe Frank gebeten herzukommen, damit wir uns aussprechen und vertragen können. Seine Bedingung war, die Spielautomaten wieder zu zerlegen und einzeln an Hobbybastler zu verkaufen.“
„Ich sehe das eher so, dass Sie ihr gemeinsames, heimliches Spielcasino vertuschen wollen“, bemerkt Kröger sauer.
„Nein! Nein! So ist das nicht, … wirklich nicht. Ich habe die Spielautomaten restauriert, umgebaut, ausprobiert und dann verkauft“, rechtfertigt sich Zacharias.
„An wen?“, fragt Kröger eindringlich.
Zacharias zögert mit der Antwort. Frank Dittmer stupst ihn an. „Los, Günther, sag es ihnen. Die kriegen das sowieso raus.“

„Also gut, an Constanze Tessin. Zuerst wollte Constanze nur zwei Geräte für die Belegschaft in der Firma kaufen, für die sie arbeitet. Dann wurden es von Mal zu Mal mehr. Ich habe nicht weiter nachgefragt, sondern verkauft, weil ich das Geld brauchte."

„Okay, genug erklärt", antwortet Kröger und wendet sich dem Ausgang zu. „Louis, kommst du", fordert er ihn auf.

„Wiedersehn, Herr Dittmer. Herr Zacharias, suchen Sie sich einen guten Anwalt", verabschiedet sich Louis und schließt sich seinem Kollegen an.

Die beiden Kommissare steigen in Krögers Auto. „Wenn du mich fragst, Günther Zacharias Alibi ist stichfest, das von Frank Dittmer auch und das von der Tessin ebenfalls. Wir können keinen von den dreien den Mord an Oma Magda nachweisen", resigniert Kröger und schlägt mit der Faust aufs Lenkrad.

‚So kenne ich ihn ja gar nicht', denkt Louis und überlegt.

„Yes, das Glück ist halt immer mit den Dummen. Doch was hältst du davon, Constanze Tessin zu

beschatten. Vielleicht erfahren wir so, wohin die Spielautomaten geliefert wurden“, schlägt er vor.
„Nein Louis, an dieser Baustelle müssen wir später graben. Wir sollten der Baufirma Brandtner einen Besuch abstatten. Ich hoffe, das bringt uns eher auf den richtigen Weg.“
„Wenn du meinst. Du bist der Chef“, resigniert Louis.

Der dichte Feierabendverkehr hält sie auf. Nur stockend geht es voran. Louis ist genervt von Krögers Countrymusik. „Hey, Cowboy, wie wäre es zur Abwechslung mal mit anderer Musik.“
„Warum? Ich mag Johnny Cash“, widerspricht Kröger.
„Ich bin zwar im Amiland geboren, trotzdem kein Country Fan.“
„Zu spät, wir sind da“, entgegnet Kröger und parkt das Auto unmittelbar vor dem Haupteingang der Baufirma.
Sie gehen durch eine Drehtür in das mehrgeschossige Glasgebäude hinein und stehen gradewegs am Empfang. Louis kommt sich vor, wie beim Einchecken im Hotel. Eine junge

Mitarbeiterin gekleidet in weißer Bluse, schwarzer Weste und rotem Einstecktuch, spricht sie an: „Guten Tag, haben Sie einen Termin?“
„Guten Tag, Frau Rose“, liest Kröger von ihrem Namensschild ab, „wir brauchen keinen Termin. Ich bin Hauptkommissar Kröger, aus Bad Salzdetfurth, mein Kollege Herr Awolowo. Wir möchten Ihren Chef, Herrn Brandtner, sprechen.“
„Oh, Herr Hauptkommissar, Sie haben Glück. Herr Brandtner und seine Tochter sind beide noch im Hause“, erwidert Frau Rose und zeigt den Weg. „Den Gang entlang, letzte Tür links. Ich melde Sie an.“
Kommissar Kröger klopft an die Bürotür. „Herein!“, antwortet eine weibliche Stimme.
Kröger und Louis treten ein. Louis ist überrascht. Eine bildschöne Frau, er schätzt sie auf Anfang dreißig, im Rollstuhl sitzend, reicht ihnen ihre zarte Hand. „Guten Tag, ich bin Xenia Brandtner. Was kann ich für Sie tun?“
„Guten Tag, Frau Brandtner, ich bin Hauptkommissar Kröger, mein Kollege, Herr Awolowo. Leider müssen wir Ihnen, wenn Frau Tessin Sie noch nicht informiert hat, eine schlechte

Nachricht mitteilen“, beginnt Kröger mit ruhigem Ton das Gespräch und wartet ihre Reaktion ab.
Sie sagt nichts. Kröger fährt fort: „Frau Magda Furchner ist Freitagnacht in ihrem Haus ums Leben gekommen.“
Xenia Brandtners Gesicht wird blass, die rot geschminkten Lippen zittern. Sie ist sichtlich schockiert und greift zum Telefonhörer. Just in dem Moment öffnet sich mit Schwung, ohne dass der Besucher sich ankündigte, die Bürotür. Ein großer, kräftiger Mann mit graumeliertem Haar kommt herein. ‚Das muss Otto Brandtner sein. Genauso habe ich ihn mir vorgestellt‘, denkt Louis.
„Guten Tag, Otto Brandtner“, stellt er sich vor und genau wie seine Tochter reicht er ihnen die Hand zur Begrüßung.
Seine Hände sind groß und der Händedruck kräftig.
„Guten Tag, Herr Brandtner, ich bin Hauptkommissar Kröger, mein Kollege, Herr Awolowo“, beginnt Kröger zum dritten Mal.
„Hallo Papa, ich wollte dich gerade anrufen. Tante Magda ist Tod.“
Fassungslos schaut Otto Brandtner erst seine Tochter an, wendet sich dann an Kröger. „Oh, mein

Gott, was ist passiert? Warum ermittelt die Polizei? Erklären Sie mir das bitte."
„Frau Furchner wurde Freitagnacht in ihrem Haus ermordet", antwortet Kröger.
„Das ist ja furchtbar! Wer hat ihr das angetan?", fragt Otto Brandtner ergriffen.
„Wir ermitteln in alle Richtungen", erklärt Kröger, „auch wenn Ihnen der Tod von Frau Furchner sehr nahe geht, könnten Sie uns ein paar Fragen beantworten?"
„Selbstverständlich!", antworten Vater und Tochter einstimmig.
Im Kopf geht Louis einige Fragen durch und ist gespannt, ob sein Kollege die Gleichen stellt. Genauestens hört er zu, um das Wichtigste in seinem Gedächtnis zu speichern. „Frau Brandtner, Sie sagten vorhin Tante Magda. Wie standen Sie zu ihr?", fragt Kröger.
„Ich nannte sie immer schon Tante Magda. Als ich noch klein war, nahm sie mich mit zu den Tieren. Obwohl ich im Rollstuhl sitze, war ihr die Mühe nie zu viel. Wir haben uns gut verstanden."
„Wussten Sie davon, dass Frau Furchner krank war?"
Xenia Brandtner schüttelt den Kopf.

„Ja, ich wusste von Magdas Krankheit. Mir konnte sie nichts vormachen, dafür kannte ich sie viel zu gut", antwortet Otto Brandtner. „Magda und ich, wir standen uns sehr nahe und sie vertraute mir in jeder Hinsicht, auch was die Firmenangelegenheiten betraf."
Louis vernimmt in seinen Worten ehrliche Traurigkeit, die von diesem kernigen Mann, seiner Meinung nach, nicht geheuchelt ist. Kröger lässt nicht locker. „Warum gab Ihnen Frau Furchner die Anteile an der Firma zurück und überschrieb diese nicht an ihren Neffen Frank Dittmar?"
Otto Brandtner holt tief Luft. „Woher wissen Sie davon?"
„Beantworten Sie mir bitte meine Frage, es ist wichtig", drängt Kröger.
„Magda wusste, dass Frank nie mehr auch nur einen Fuß in meine Firma, beziehungsweise heute, die Firma meiner Tochter setzen darf."
„Warum?", bohrt Kröger weiter.
‚Ui, Feuer in einer Wunde. Die Spannung steigt', denkt Louis.
Otto Brandtner strafft die Schultern und wirkt noch mächtiger. „Frank Dittmer arbeitete einige Jahre für mich. Er leistete auch wirklich gute Arbeit. Dann

verließ ihn seine Freundin und er begann zu trinken“, berichtet Brandtner, „auf jeder Baustelle ist das ein No-Go, aber Frank hielt sich nicht dran und verursachte einen Unfall, bei dem sich ein Mitarbeiter schwer verletzte. Er hatte Glück, dass der Kollege ihn nicht anzeigte.“
„Warum nicht?“, hakt Kröger nach.
„Der Kollege war sein bester Freund und Magda regelte die Angelegenheit. Für mich war der Fall damit erledigt“, schiebt Otto Brandtner eine Mitschuld am Geschehen von sich.
Wieder mal zieht Kröger die Augenbrauen hoch. „Herr Brandtner, heißt der beste Freund zufällig Günther Zacharias?“
„Ja, nach seiner Genesung machte der Zacharias sich selbstständig. Magda ließ für ihn den alten Kuhstall in eine Tischlerwerkstatt umbauen.“
„Interessant, … interessant“, sagt Kröger, „jetzt kommt leider noch die Frage aller Fragen. Wo waren Sie und Ihre Tochter am Freitagabend?“
„Hier, im Foyer. Alle Mitarbeiter waren zu einer außerordentlichen Betriebsversammlung eingeladen“, antwortet Xenia Brandtner wie aus der Pistole geschossen.

„Ich habe nun offiziell vor der Belegschaft die Firma meiner Tochter übergeben", bestätigt Otto Brandtner das Alibi. „Wie man mir ansieht, bin ich nicht mehr der Jüngste und nach meinem Herzinfarkt möchte ich gerne mit meiner Frau noch ein paar schöne Jahre verbringen."
Hin und wieder steckt mein Vater aber doch noch die Nase ins Büro", erklärt Xenia Brandtner stolz.
„Das kann ich durchaus verstehen. Wie lange ging denn die Versammlung?"
„Von Neunzehn bis Zweiundzwanzig Uhr", äußert sich Otto Brandtner.
„Frau Brandtner, darf ich Sie um eine Teilnehmerliste bitten", verlangt Kröger.
„Ich lasse Sie Ihnen von meiner Sekretärin kopieren", sagt sie und drückt auf eine Taste am Telefon.
Eine Frau meldet sich: „Frau Brandtner, was kann ich für Sie tun?"
„Frau Immenholz, kopieren Sie mir bitte die Teilnehmerliste der Betriebsversammlung und bringen Sie mir die Liste ins Büro, danke."
Otto Brandtner schaut auf seine goldene Armbanduhr. „Herr Hauptkommissar Kröger, Herr Awolowo, ich muss mich von Ihnen verabschieden,

meine Frau wartet. Wenn Sie meine Hilfe benötigen, können Sie mich jederzeit anrufen.“
Zum Abschied beugt er sich zu seiner Tochter hinunter und küsst ihre Stirn. „Tschüss Liebes, bis morgen.“
„Tschüss Papa.“
„Ein achtenswerter Mann, Ihr Vater“, wendet sich Louis an Xenia Brandtner.
Sie lächelt. „Ja, das finde ich auch.“
Aus dem Nebenbüro erscheint eine, im grauen Hosenanzug gekleidete, Frau mittleren Alters. „Guten Tag, bitteschön“, sagt sie kurz angebunden, legt die gewünschte Liste auf den Schreibtisch und entfernt sich.
„Danke, Frau Immenholz!“, ruft ihr Xenia Brandtner hinterher.
„Frau Immenholz, ist das Ihre neue Sekretärin?“, fragt Louis.
„Ja und nein, Frau Immenholz ist eine langjährige Mitarbeiterin. Wieso fragen Sie das?“
„Ach, nur so“, sagt Louis ganz beiläufig, „Frau Tessin erzählte uns nämlich, dass sie Ihre Sekretärin und enge Vertraute sei.“
„Ja, das stimmt auch. Frau Tessin war seit mehr als zwanzig Jahren die rechte Hand meines Vaters.

Aber wegen Frau Tessins langer Abwesenheit brauche ich einen Ersatz. Ich hoffe, dass sie bald genesen ist. Meine Herren, Sie müssen mich jetzt auch entschuldigen. Die Pflicht ruft und ich muss noch weiterarbeiten."
„Danke, Frau Brandtner, für Ihre Zeit", verabschiedet sich Kröger.
Louis zieht sich geschwind die Liste vom Schreibtisch. „Wiedersehen, Frau Brandtner."

Louis und Kröger verlassen das Gebäude. „Na, wie ist deine Meinung?", fragt Kröger.
„Ich hoffe, ich muss nicht den ganzen Rückweg Country Musik hören", antwortet Louis.
Kröger öffnet das Auto mit der Automatiksteuerung. „Das meine ich nicht. Xenia Brandtner sagte, Frau Tessin war die Sekretärin ihres Vaters. Die Betonung liegt auf war."
„Hm, weiß nicht genau, muss ich in Ruhe drüber nachdenken."
Kröger startet den Motor. „Okay, wir hören Country Musik."
„Shit, nein, bitte nicht!", ruft Louis verzweifelt. „Doch!", scherzt Kröger.

Das Klingeln seines Telefons unterbricht das Geplänkel. Er meldet sich: „Louis Awolowo … Hallo Angelina, … Moment, ich stelle auf Lautsprecher, Herr Kröger sitzt neben mir.“
„Jemand ist in meine Wohnung eingebrochen! Er hat alles durchwühlt und mir Oma Magdas Laptop untergeschoben!“, hören die Kommissare Angelinas verzweifelten Hilferuf.
Louis versucht sie zu beruhigen. „Bleiben Sie ruhig, Angelina. Sind Sie in der Wohnung?“
„Ja, klar. Vik ist bei mir. Er hat den Mann gesehen.“
„Rühren Sie sich nicht vom Fleck, wir sind auf dem Weg zu Ihnen.“
Normen Kröger drückt den Fuß aufs Gaspedal. Louis stellt das Martinshorn aufs Autodach.
Die Sirene geht an: „Tatüü – Tatütatütatüü.“

…

Kapitel 14 – Dumm gelaufen

Angelina, Montagabend

Angelina sitzt neben Viktor auf der obersten Treppenstufe im Hausflur. Auf den Knien der Transportkorb mit Pinsel. Aufgeregt miaut die kleine Katze. „Pinsel, sei ruhig. Ich kann dich nicht rauslassen“, versucht Angelina sie zu beruhigen.
„Angelina? Meinst du, ich muss mir von dem Kommissar eine Standpauke anhören, wegen den Zetteln?“, fragt Viktor.
„Ach was, glaube ich nicht.“
„Wenn der mich löchert, wo meine Mutter ist, was soll ich antworten?“
„Nicht lügen, einfach sagen, dass deine Mama bei der Arbeit ist“, erklärt Angelina.
„Aber dann muss ich wieder zu der blöden Tagesmutter, weil Mama mich so lange allein gelassen hat. Da will ich nicht mehr hin. Die ist so streng bei den Hausaufgaben und bei der darf man nie Unordnung machen“, erzählt er verzweifelt.

„Na gut, ich sage dem Kommissar, ich passe auf dich auf. Schließlich habe ich dir das ja eingebrockt."
Viktor strahlt. „Echt?"
Sie macht das Handzeichen Indianerehrenwort. „Du hast mein Wort."
„Die Polizei kommt! Ich höre das Martinshorn!", ruft Viktor aufgeregt.
Angelina sieht Kommissar Awolowo, in Begleitung von Hauptkommissar Kröger, die Treppe heraufkommen. „Hallo, alles in Ordnung mit Ihnen?", fragt Kröger besorgt.
Viktor bleibt auf der Stufe hocken, Angelina steht auf, um die Kommissare durchzulassen. „Ja, wir sind okay, aber in meiner Bude siehts chaotisch aus", antwortet sie.
„Begleiten Sie mich in Ihr Appartement. Herr Awolowo bleibt derweilen mit Ihrem jungen Freund im Hausflur", bestimmt Kröger.
Respektvoll folgt Angelina dem Kommissar ins Appartement und beobachtet, wie er sich gewissenhaft zu allen Seiten umschaut. „Fehlt Ihnen was?", fragt er.
„Mein Laptop ist weg", antwortet sie ehrlich.

Sein Blick geht zur Couch. „Sie sagten am Telefon, dass Ihnen Oma Magdas Laptop untergeschoben wurde. Ist der das?“
Angelina nickt. „Ja, da ist der Aufkleber mit ihrem Namen drauf.“
„Wie sieht denn Ihr Laptop aus?“, fragt Kommissar Kröger.
Mit den Händen zeigt Angelina ungefähr die Größe, dreißig mal zwanzig Zentimeter. „Ich habe nur einen Kleinen.“
„Frau Hommel, haben Sie einen Verdacht, wer das hier gewesen sein könnte?“
„Ja, klar, Constanze und ihr Begleiter!“, sagt sie in fester Überzeugung.
„Wie kommen Sie dazu, Frau Tessin zu beschuldigen? Haben Sie Beweise?“
„Nachdem ich bei Kommissar Awolowo war, beobachtete ich, dass vor dem Polizeirevier ein Mann im Auto auf Constanze wartete. Ich bin dem Auto einfach hinterhergefahren“, gibt Angelina zu.
„Das darf doch wohl nicht wahr sein! Wohin?“, schimpft Kommissar Kröger.
„Ins Restaurant Casa Nova. Ich habe die Unterhaltung der Beiden belauscht, bis sie mich

bemerkten. Dumm gelaufen", sagt sie gelassen und zuckt mit den Schultern.
„Oh, Mann, was mach ich nur mit Ihnen?", brummt Kommissar Kröger. „Okay, erzählen Sie weiter."
„Der Mann ist groß, schlank und blond. Er spricht mit nordischem Akzent. Sein Name ist Thijs, oder so ähnlich. Constanze sucht einen Computer-Stick, den wahrscheinlich Oma Magda irgendwo verbummelt hat. Der Mann sagte, auf Omas Laptop ist nichts zu finden und Constanze antwortete, er solle ihn verschwinden lassen", berichtet Angelina.
„Frau Hommel, hören Sie auf mit den Detektivspielchen", ermahnt Kommissar Kröger sie eindringlich. „Am besten ist, wir bringen Sie zu Ihrem Vater. Dort sind Sie hoffentlich unter Kontrolle."
Angelina ballt die Hände zu Fäusten. „Ne! Ne! Ne! Da mach ich nicht mit!"
„Die Spurensicherung erscheint jeden Moment. Sie können erst morgen wieder Ihr Appartement betreten", begründet Kommissar Kröger seinen Einwand.
Fluchend dreht Angelina sich im Kreis. „So ein Scheiß! Dann will ich zu Onkel John. Darf ich mir

wenigstens etwas Kleidung und meine Zahnbürste zusammensuchen?"
„Ja, aber nur das Nötigste", erlaubt Kommissar Kröger. „Ich sage Herrn Awolowo Bescheid, dass er Sie zu Ihrem Onkel bringt."
Unglücklich schaut Angelina zu Oma Magdas Bild, das tatsächlich noch an seinem Platz steht. „Ach, Oma Magda, was hast du mir da eingebrockt."
Flink wühlt Angelina in dem riesigen Wäscheberg nach Jeans und Sweatshirt, hebt Unterwäsche vom Fußboden auf, stopft alles in einen Rucksack und die runde Haarbürste dazu. Die Zahnbürste holt sie aus dem Bad. ‚Wenigstens ist das Badezimmer verschont geblieben', denkt sie.
Ohne sich umzudrehen geht Angelina in den Hausflur. Fragend schaut sie Kommissar Awolowo an. „Wo ist Viktor?"
„Viktor ist bei seiner Mutter und ich bringe Sie jetzt zu Ihrem Onkel. Er weiß bereits Bescheid."
„Und wo ist Kommissar Kröger?"
„Bei Ihrer Nachbarin und Viktor. Kommen Sie", sagt Kommissar Awolowo bestimmend und stiefelt die Treppe runter.
Angelina fühlt sich völlig überrumpelt. ‚So ein Mist, ich habe Vik mein Wort gegeben.'

Sie greift sich den Katzenkorb und geht Kommissar Awolowo mit hängendem Kopf hinterher. ‚Er ist bestimmt sauer auf mich, weil ich Constanze und dem Typ gefolgt bin.'

Zwischen Angelina und Kommissar Awolowo herrscht eisiges Schweigen. Sie erreichen den Ortsanfang Östrum. „An der Ampel rechts, das neunte Reihenhaus auf der linken Seite. Sie dürfen ruhig vor Onkel Johns Garage halten", erklärt Angelina.
Kommissar Awolowo antwortet ihr nicht. Er hält den Wagen an, ohne den Motor abzustellen. Onkel John wartet bereits an der Einfahrt, um Angelina in Empfang zu nehmen. Mit seinen Ein-Meter-Neunzig Größe ist er nicht zu übersehen. „Wie Sie sehen, Herr Kommissar, weglaufen geht nicht mehr. Zufrieden?", fragt Angelina ihn bissig.
„Das ist auch gut so", erwidert Kommissar Awolowo kurz angebunden.
Widerspruchslos steigt Angelina aus, setzt den Rucksack auf und holt den Katzenkorb vom Rücksitz. Trotzig knallt sie die Autotür zu. Grußlos fährt der Kommissar davon. Traurig schaut

Angelina ihm nach. „Was für ein scheiß Tag!“, flucht sie laut.
Onkel John kommt ihr entgegen und umarmt sie überschwänglich. „Hallo Liebes, es wird noch viele von diesen „Scheiß Tagen“ in deinem Leben geben.“
Angelina lehnt ihre Stirn an seine Brust. Unweigerlich füllen sich ihre Augen mit Tränen. „Ach, Onkel John, alles ist doof. Ich weiß nicht, ob ich wütend bin oder traurig.“
Sie fühlt, wie die Anspannung schwindet, als John liebevoll ihre Haare streichelt. „Wahrscheinlich alles beides, Liebes. Ich kann dich gut verstehen. Die letzten Tage waren für dich wirklich sehr schlimm, … doch, lass uns reingehen und die kleine Katze aus dem Körbchen befreien. Sie hat bestimmt Durst und Hunger“, schlägt er vor.
Sofort hört Angelina auf zu schluchzen und denkt an Pinsel. „Einverstanden, Pinsel gefällt es sowieso nicht im Körbchen. Sie hasst es, eingesperrt zu sein.“
John nimmt ihr den Katzenkorb ab und geht ins Haus. Im Flur stellt er den Korb ab und öffnet das Türchen. Wie ein Pfeil schießt Pinsel raus. Gerade noch rechtzeitig kann Angelina mit einem Fußtritt

die Haustür ins Schloss befördern. Die Katze schlägt einen Haken, flitzt in die Küche und versteckt sich unter der Sitzbank. John läuft hinterher. Er bückt sich unter den Küchentisch. „Oh je, sie hat sich in die hinterste Ecke verkrochen. Was machen wir denn jetzt?“, fragt er ratlos.
„Nichts, warten, du hast für sie ja schon Futter und Wasser hingestellt. Wenn Pinsel Lust hat, kriecht sie schon aus ihrem Versteck hervor.“
„Wenn du meinst. … Soll ich uns einen Tee kochen? Hast du Hunger?“
„Ja und nein“, antwortet Angelina und schaut zur Wanduhr, „einen Früchtetee, aber essen mag ich um die Zeit nichts mehr.“
„Vielleicht ein paar Schnittchen, so wie Mama sie dir immer geschmiert hat“, versucht John sie zu überzeugen.
„Ja, okay“, gibt Angelina nach.
Während John die Brote mit Leberwurst beschmiert, kommt Pinsel aus dem Versteck. „Onkel John, guck mal, Pinsel möchte Leberwurst.“ Absichtlich lässt er kleine Leberwurstbröckchen auf den Küchenfußboden fallen und die Katze schleckt

die Leckerei auf. „Auf eine gute Freundschaft, Kätzchen“, sagt John und lacht.
John bringt Angelina den Teller mit Schnittchen und die Tasse Tee. Sie wärmt ihre Hände an der Tasse und riecht am Tee. „Mm, die Brote sehen lecker aus. Ich glaube, jetzt habe ich doch Hunger“, sagt Angelina überzeugt und nimmt sich eine Schnitte.
Herzhaft beißt Angelina ins Brot. „Onkel John, darf ich dich etwas fragen?“
Strafend schaut John Angelina an. „Du sprichst mit vollem Mund, was möchtest du denn wissen?“
Angelina kaut anständig aus, wie es sich gehört und schluckt runter. „Warum bist du eigentlich nicht mehr mit Katrin zusammen?“
Sofort verschwindet sein Lächeln. Angelina merkt gleich, dass ihm die Frage doch zu persönlich ist. „Sorry, geht mich ja nichts an.“
„Nein, schon gut“, wendet John ab, „wir sind einfach zu verschieden.“
„Aber ihr habt doch den gleichen Beruf und sie arbeitet für dich. Außerdem ist sie hübsch und nett“, erwidert Angelina.

„Hübsch und nett reicht einfach nicht. Katrin ist halt nicht so, wie deine Mama. Immer, wenn Hella um die Ecke schielte, ging die Sonne auf."
„Onkel John, du kannst Mama nicht mit Katrin vergleichen."
„Das stimmt, Angel. Bitte Themenwechsel. Katrin und ich, wir übernehmen morgen deine Kundschaft und wenn du ausgeschlafen bist, bringst du dein Appartement in Ordnung. Ist das ein Deal?"
John hält seine rechte Hand zum Handschlag hoch. Überrascht schlägt Angelina ein. „Au ja, cool, Deal. Aber sag mal, was mach ich denn jetzt ohne meinen Computer? Da sind all meine Berufsschulunterlagen drin. Nächste Woche ist die praktische Prüfung."
„Kein Problem, ich habe die Prüfungsfragen auch in meinen Unterlagen. Schließlich bin ich dein Ausbilder. Du kannst durchaus mit meinem Computer arbeiten."
„Im Moment schwirrt in meinem Schädel alles andere als das. Kann ich die Prüfung nicht verschieben?", jammert Angelina.
„Kommt gar nicht in Frage! Es ist doch nur noch die Praktische. Sonst fängst du in einem halben Jahr

von Neuem an. Willst du das?", redet John ihr ins Gewissen.
„Okay, ich gebe auf. Vielleicht hast du ja sogar Recht."
„Ganz bestimmt habe ich Recht, Liebes. Denk dran, irgendwann gehört das Geschäft mal dir."
Angelina zieht die Nase kraus. Verzweifelt versucht sie einen letzten Widerspruch. „Ich will das doch aber gar nicht. Ich möchte viel lieber etwas mit Hunden machen."
John versucht sie umzustimmen. „Angel, sei nicht dumm. Du hast es Mama versprochen. Das ist deine Chance auf ein selbständiges Leben. Andere wären glücklich, so eine Perspektive, zuzüglich die finanziellen Mittel, zu bekommen."
„Ich geb's auf, Onkel John," seufzt sie, „du verstehst mich nicht. Egal jetzt, wo kann ich schlafen?"
„Ich habe dir das Bett im Gästezimmer bezogen."
Angelina gähnt und erhebt sich von der Sitzbank. „Danke, ich bin sau müde. Gute Nacht, Onkel John. Pinsel! Pinsel! Komm mit!"
Angelina kuschelt sich unter die flauschige Bettdecke und zieht den Zipfel bis zur Nasenspitze. Die Decke riecht nach Rosenduft vom

Weichspüler. Sie schließt die Augen. Plötzlich kitzelts an ihren Füßen. „Hey Pinsel, hör auf meine Füße zu kitzeln."
Pinsel schleicht unter der Bettdecke weiter bis sie Angelinas Brust erreicht hat und schmiegt sich an. Angelina fühlt das weiche Fell, lauscht dem leisen Schnurren und fällt in einen leichten Schlaf.
Piep, piep, weckt Angelina der Pfeifton ihres Handys. Sie versucht es zu ignorieren. Noch einmal piep, piep. Die Neugier siegt. Angelina richtet sich auf und fummelt nach dem Handy auf dem Nachttisch. ‚Vielleicht ist das eine Message von Kommissar Awolowo und er möchte sich entschuldigen', hofft sie und öffnet bei dem Gedanken blitzschnell die Augen.
Erwartungsvoll klickt Angelina die Nachrichten an. Die erste Nachricht ist von Bianca: „Hey, bist du noch wach?"
Die zweite Nachricht ist auch von ihr: „Ich habe deinen Zettel gelesen und kann nicht einschlafen."
Enttäuscht, dass die Nachrichten nicht von Kommissar Awolowo sind, plumpst Angelina ins Kissen zurück. Automatisch tippt ihr Finger eine Antwort an Bianca: „Warum nicht?"
Bianca antwortet: „Ich mache mir Sorgen um dich!"

Angelina schreibt: „Ach was! Wer mich klaut, bringt mich spätestens nach fünf Minuten zurück!“
Bianca antwortet: „Ha, ha!“
Angelina schreibt: „Keine Sorge, ich bin bei Onkel John. In meiner Bude wurde eingebrochen. Kommissar Awolowo meinte, es ist besser, wenn ich unter Aufsicht bin.“
Bianca antwortet: „Recht hat er!“
Angelina schreibt: „Er ist stinkig auf mich, weil ich Constanze und dem Typen gefolgt bin. Jetzt ist auch noch mein Laptop weg und der Typ hat mir Oma Magdas Laptop untergejubelt.“
Bianca antwortet: „So ein Mist! Hoffentlich glaubt dein Kommissar Dingsda nicht, dass du was damit zu tun hast.“
Angelina schreibt: „Keine Ahnung. Ich hoffe nicht.“
Bianca antwortet: „Findest du ihn immer noch so toll?“
Angelina schreibt: „Weiß nicht. Möchte jetzt schlafen. Gute Nacht.“
Bianca antwortet: „Das ist typisch für dich. Wenn du keine Antwort weißt, immer die Augen zumachen. Gute Nacht, bis morgen. … Melde dich!“

Angelina schreibt: „Ich habe dich auch lieb."
Sie seufzt. „Ach Bibi, wenn ich dich nicht hätte. Schlaf gut."

...

Kapitel 15 – Der Computer-Stick

Angelina, Dienstag, 7. August 2018

Angelina ist im Tiefschlaf und träumt. Sie sitzt mit einer Eiswaffel auf der weißen Bank am „Lamme-Ufer". Während Angelina genüsslich das Eis schleckt, schaut sie den Entenküken zu, die im Wasser schnatternd der Entenmama hinterherschwimmen. Neben ihr auf der Bank sitzen Mama und Oma Magda, ebenfalls mit einer Eiswaffel. Sie unterhalten sich angeregt. Ihr fröhliches Lachen ist so ansteckend, dass Angelina mit lacht.
„Guck mal da!", ruft Oma Magda und zeigt auf einen kleinen, bunten Hund, der mit Schwung in die „Lamme" springt.
„Ist der niedlich", juchzt Mama.
„Mama, so einen möchte ich auch haben", bettelt Angelina.
„Angel, du bekommst einen Hund von mir geschenkt", verspricht ihr Oma Magda.
Angelina ist glücklich.

„Angelina, guten Morgen! Es ist acht Uhr. Ich fahre ins Geschäft. Wenn ich dich nachher abholen soll, ruf mich an."
Erschrocken öffnet Angelina die Augen. „Hä? Was? Wie? Wo bin ich?"
„Na, bei mir", antwortet John und verschwindet aus dem Zimmer.
„Och Menno, mein Traum war so schön", murmelt sie ins Kissen und versucht wieder ins Reich der Träume zu flüchten.
Den Deal leider nicht mit Pinsel abgesprochen, turnt die kleine Katze auf Angelinas Bauch, pirscht sich weiter vor und stupst sie mit der Pfote an. „Pinsel, lass das, ich stopfe dich wieder in den Transportkorb", murmelt Angelina genervt.
Pinsel gibt nicht auf. Brummig hüpft Angelina aus dem Bett. „Okay, du hast gewonnen!"
Barfuß geht sie in die Küche, nimmt vom Küchenschrank das Katzenfutter und füllt es in die Futterschale. „So, bitte. Ich brauch Kaffee."
Angelina holt sich eine Kaffeetasse aus dem Küchenschrank, legt einen Tab in den Kaffeeautomaten und drückt den Knopf, Kaffee Ole. An der Fensterbank lehnend trinkt sie den heißen Kaffee und schaut aus dem Küchenfenster.

Der morgendliche Autoverkehr auf der Hauptstraße ist stockend. ‚Wie blöd, anscheinend wollen alle Leute gleichzeitig zur Arbeit', denkt Angelina und sieht ein Motorrad vorm Haus anhalten.
Sofort erkennt Angelina Kommissar Awolowo und spürt ihr Herz schneller schlagen. ‚Er kommt, um sich zu entschuldigen', freut sie sich, rennt in den Flur und reißt die Haustür auf.
Gemächlich steigt Kommissar Awolowo vom Motorrad, setzt den Helm ab und geht auf den Hauseingang zu. Verdutzt schaut er Angelina an. „Guten Morgen, ich habe doch noch gar nicht geklingelt."
„Ähm, Zufall, ich wollte die Zeitung reinholen", redet sie sich raus.
„Aha, … ich wollte nur fragen, wie es Ihnen geht."
Angelina ahnt, dass Kommissar Awolowo sie durchschaut hat. „Gut geht's mir, möchten Sie reinkommen und einen Kaffee trinken?"
„Nein danke, ich muss ins Präsidium", lehnt er höflich ab.
„Sie wollten kontrollieren, ob ich hier bin, stimmts?"

Kommissar Awolowo schmunzelt. „Ehrliche Antwort? Ja."
„Na dann, ich bin da. Auf Wiedersehen, Herr Kommissar."
Angelina schlägt ihm die Tür vor der Nase zu. Wütend dreht sie sich um und stampft mit dem Fuß auf. Beiläufig schaut sie in den großen Flurspiegel neben der Garderobe. „Ach du scheiße! Ich bin ja noch im Schlafanzug! Peinlich! Wie konnte ich das vergessen!"
Verärgert rennt Angelina ins Bad und setzt sich auf den Badewannenrand. ‚Was mach ich jetzt? Der denkt bestimmt, ich bin über die Spur'.
Die Haustürglocke schrillt. ‚Was will er noch von mir?'
Angelina marschiert zurück, öffnet die Tür und stutzt. Nicht Kommissar Awolowo, sondern Frank steht vor ihr, mit einer Brötchentüte von Kaffee Engelke in der Hand. „Überraschung!", ruft Frank heiter.
„Och, ne, was willst du?", fragt sie genervt.
„Mit dir frühstücken", antwortet er gutgelaunt.
„Raus mit der Sprache! Wer hat dich geschickt?"
Frank lacht. „Niemand."

Sein Lachen bringt Angelina auf die Palme. „Lüg nicht!“
„Okay, der Kommissar rief mich gestern Abend an. Er meinte, du bist flinker, wie ein Wiesel, wegen deiner Alleingänge und so. Ich bin ab jetzt dein Bodyguard.“
Wütend schüttelt sie den Kopf. „Ich brauche keinen Bodyguard!“
„Darf ich endlich reinkommen? Ich habe Hunger.“
„Die Küche ist rechts, fühl dich wie zu Hause“, zischt Angelina spitz.
„Danke“, antwortet Frank grinsend und huscht an ihr vorbei.
„Du brauchst gar nicht grinsen“, rüffelt sie, „ich habe nämlich eine Bedingung.“
„Und die wäre?“, fragt er immer noch gut gelaunt.
„Gib mir fünfzehn Minuten für eine Dusche. Nach dem Frühstück fährst du mit mir nach Hause und hilfst mir, meine Bude aufzuräumen“, bestimmt Angelina kess.
„Geht doch, warum nicht gleich so“, erwidert Frank spitzbübisch.
Mit der Antwort hat Angelina nicht gerechnet. Schnell verzieht sie sich ins Badezimmer, huscht unter die Dusche, putzt die Zähne, zieht die Sachen

an, die noch von gestern auf dem Badhocker liegen und kämmt sich vor dem Spiegel die langen Locken. Schlagartig kommt die Erinnerung an die Haarbürste. Angelina hält den Atem an, schraubt den Bürstenkopf ab und pult mit einer Nagelfeile den gesuchten Computer-Stick raus. „Mensch, bin ich blöd. Warum bin ich da nicht gleich draufgekommen. Oma Magda, du bist einmalig."
Sie läuft zu Frank in die Küche und plappert drauf los: „Planänderung, wir müssen dringend zu Bianca in die Werkstatt fahren! Jetzt gleich!"
„Warum? Was ist mit unserem Frühstück?", fragt Frank verständnislos.
„Ich habe den Computer-Stick gefunden, den Constanze sucht."
Perplex schaut Frank drein. „Ich verstehe nur Bahnhof."
„Hat dir der Kommissar davon nicht schon erzählt?", fragt Angelina entgeistert.
In aller Seelen Ruhe schmiert Frank Nutella auf sein Brötchen. „Nö."
„Dann war das mit dem Telefonat gelogen?"
Er beißt ins Brötchen. „Mm, lecker."

Angewidert verzieht Angelina die Mundwinkel. „Onkel John würde jetzt sagen, man spricht nicht mit vollem Mund.“
„Klärst du mich endlich auf?“, schmatzt Frank absichtlich, um sie zu ärgern.
Angelina knallt den Stick auf den Brötchenteller. „Constanze sucht diesen Stick. Ich glaube, der war in der Salzkristall-Lampe. Oma Magda hatte ihn gefunden und in einer Haarbürste versteckt.“
„Schlau, … weißt du was da drauf ist?“
„Eben nicht. Deswegen müssen wir ja zu Bianca fahren.“
Frank wischt sich die Hände an seiner Jeanshose ab und begutachtet den Stick. „Was hat Bianca damit zu tun? Den müssen wir den Kommissaren bringen.“
„Frank, überleg doch mal. Gestern wurde bei mir eingebrochen. Mein Computer ist weg und Oma Magdas Computer lag auf meinem Sofa.“
„Bei dir wurde eingebrochen? Ich dachte du machst Spaß mit Bude aufräumen.“
„Du hast mich verarscht! Du Bodyguard! Woher weißt du, dass ich hier bin?“, schreit Angelina Frank an.

„Bleib ruhig, tut mir leid“, entschuldigt sich Frank. „Ich wollte eigentlich zu dir nach Hause fahren und dich bitten, mich zu begleiten. Für die Beerdigung brauche ich doch einen neuen Anzug. Im Kaffee Engelke traf ich deinen Onkel. Der erzählte, ganz beiläufig, dass du bei ihm bist.“
„Woher kennst du Onkel John?“
„Ich habe Magda ein oder zweimal zu euch in den Laden gebracht und auf sie gewartet.“
„Oh Mann, können wir jetzt los?“, fragt Angelina sauer.
„Nö, du Hungerhaken. Erst musst du ein Brötchen essen.“
Flink klaut Angelina den Stick aus Franks Hand. „Dann geh ich eben alleine.“
Frank springt vom Stuhl auf. „Okay, okay, wir fahren zu Bianca. Aber danach übergeben wir das Ding dem Kommissar.“

Mit Franks klappernden Jeep fahren sie nach Wehrstedt. Sein Schäferhund Cooper sitzt zwischen ihnen. Angelina ist angespannt, obwohl sie sich in seiner Nähe beschützt fühlt. Frank biegt in den Kraftfahrzeug-Werkstatthof ein und sucht nach

einem freien Parkplatz. „Ganz schön voll hier. Die haben ordentlich zu tun," staunt er und rangiert in eine freie Parklücke.
„So, wie dein Auspuff klappert, solltest du deine Karre am besten gleich hierlassen."
„Kommt gar nicht in Frage. Ich repariere mein Auto immer selber", kontert Frank.
Sie steigen aus. „Cooper, du bleibst im Auto und passt auf", kommandiert er seinem Hund und klappt die Wagentür zu.
Angelina sieht Bianca mit einem Klemmbrett unterm Arm aus der Werkstatt marschieren. „Hey Bibi!", ruft sie ihr zu.
„Hey, Angel! Du hier?", fragt Bianca überrascht.
„Hast du kurz Zeit?"
„Nicht lange, der TÜV ist da."
Angelina beugt sich vor und flüstert Bianca ins Ohr: „Ich habe den Stick gefunden und will wissen, was da drauf ist."
Baff schaut Bianca erst sie, dann Frank an. „Habt ihr ihn dabei?"
Angelina holt den Stick aus der Jeanstasche und zeigt ihn ihr.

„Wir gehen ins Büro, aber Frau Cicek ist da. Du musst schon sagen, worum es geht, wenn wir ihren Computer benutzen wollen“, sagt Bianca.
„Bitte, mach du das für mich“, bettelt Angelina ihre Freundin an.
Bianca hält die Hand auf. „Okay, wartet am besten vorm Büro. Ich kläre das.“
Vertrauensvoll legt Angelina ihr den Stick in die Hand. Bianca stiefelt ins Büro. Während Angelina und Frank vor dem Gebäude warten, trippelt sie nervös von einem Fuß auf den anderen. Angelinas Gedanken springen hin und her. ‚Wie lange dauert das denn? Was erzählt Bibi Frau Cicek? Ob das so richtig war, sie damit reinzuziehen?‘
Die Bürotür öffnet sich. „Kommt rein“, fordert Bianca sie auf.
„Guten Tag, Frau Cicek. Mein Name ist Frank Dittmer. Ich bin Frau Furchners Neffe“, stellt Frank sich vor.
Angelina geht zu Frau Cicek und reicht ihr die Hand. „Hallo, Frau Cicek.“
„Guten Tag, ich bin sehr erschüttert über den Tod von Frau Furchner und möchte Ihnen mein Beileid aussprechen. Ich kannte sie sehr gut. Eine

herzensgute und tierliebe Dame. Wir haben unsere beiden Siamkatzen von ihr bekommen."
„Das heißt, Sie helfen uns?", hakt Angelina nach.
„Selbstverständlich", antwortet Frau Cicek, „ich stecke den Stick in Ihrem Beisein in meinen Computer, schauen Sie."
Angelina, Bianca und Frank umkreisen Frau Ciceks Bürostuhl. Alle vier starren gebannt auf den Computerbildschirm. Ein Fenster mit mehreren Dateien ploppt auf. Frau Cicek liest laut vor: „Erste Datei, Bedienungsanleitung Spielgeräte. Zweite Datei, Auffüllungen. Dritte Datei, Auslesungen. Vierte Datei, Kassierung und die letzte Datei, Kundendaten."
Frank äußert sich: „Jetzt wundert mich nichts mehr, dass die alle Hebel in Bewegung setzen, um diesen Stick wiederzubekommen."
„Heikle Angelegenheit", pflichtet ihm Frau Cicek bei. „Welche der Dateien soll ich zuerst öffnen?"
„Die Datei Kassierung", antwortet Frank.
„Hier, man kann die Umsätze einsehen, soll ich die Kundendatei auch öffnen?", fragt Frau Cicek.
„Ja!", rufen alle einstimmig.
Ausnahmsweise ist Angelina mal sprachlos. Sie merkt, wie Bianca zaghaft nach ihrer Hand tastet

und sie festhält. Gespannt, ob ihr die Namen bekannt vorkommen, liest Angelina die Liste. Erleichtert atmet sie auf. Oma Magdas Name ist nicht dabei. „Ich kenne niemanden von den Leuten“, sagt Frank.
Angelina stutzt. „Stopp! Ich aber! Thijs, so nannte Constanze ihren Begleiter, der mit ihr im Restaurant CASA NOVA war.“
Frau Cicek klickt alle Dateien nacheinander an, scrollt die Tabellen und schließt sie wieder. Sie zieht den Stick aus dem Computer und übergibt ihn Frank. „Auf keiner der Listen ist ein Urheberverzeichnis. Es ist also nicht nachvollziehbar, wem dieser Stick gehört. Das heißt, Sie können Niemanden nachweisen, damit etwas zu tun zu haben. Ich gebe Ihnen einen guten Rat. Bringen Sie das Ding schleunigst zur Polizei.“
„Das werden wir umgehend tun. Danke, Frau Cicek. Sie haben uns wirklich sehr geholfen. Wir würden uns freuen, Sie an meiner Tantes Beerdigung wiederzusehen“, sagt Frank.
„Gern geschehen, Herr Dittmer. Bianca und ich werden uns den Tag an Frau Furchners Beerdigung frei nehmen“, verspricht Frau Cicek und wendet

sich Angelina zu. „Angelina, halten Sie mich bitte auf dem Laufenden."
„Ja, versprochen, danke für Ihr Verständnis, Frau Cicek."
Sachte löst Angelina die Hand von der ihrer Freundin. „Bibi, ich rufe dich nachher an."
„Bitte pass auf Dich auf, Angel."
Angelina zwinkert: „Mach dir keine Sorgen, mein Bodyguard lässt mich nicht im Stich."

Angelina schmiegt sich an Cooper und krault sein braunschwarzes Fell. Vor Verzweiflung ist ihr Gesicht so karottenrot wie die Haare. „Was mach ich denn jetzt! Wie soll ich den Kommissaren beweisen, dass der Stick Constanze gehört und ich nicht Oma Magdas Laptop mitgenommen habe?"
„Ich glaube nicht, dass die Kommissare dir das zu trauen", versucht Frank sie zu beruhigen.
„Frank, muss ich unbedingt mit? Kannst du nicht alleine?"
„Seit wann kneifst du?", fällt er ihr ins Wort.
„Ich kneife nicht! Kommissar Awolowo, … er ist sauer auf mich, … glaube ich."

„Ach Angel, kannst du dir vorstellen, wie viele Menschen auf mich stinkig sind? Das ist wie beim Boxen. Wer austeilt, muss auch einstecken können."
„Das ist das erste Mal, dass du mich Angel nennst."
„Ehrlich? Ist mir gar nicht aufgefallen", lacht Frank. „Na los, wenn du willst, kann uns Cooper auch begleiten. Der ältere Kommissar hat nämlich Angst vor ihm."
„Hunde dürfen da nicht mit rein", klärt Angelina Frank auf.
„Wo steht das geschrieben? Was denkst du? Wollen die den Stick, oder nicht?"
„Natürlich wollen die den Stick!"
„Gut, dann stellen wir die Bedingungen. Cooper kommt mit!"
Schon geht's Angelina besser. Sie lächelt Frank an. „Frank, du bist gar nicht so übel, wie ich zu Anfang dachte."
„Ich nehme es als Kompliment, holde Maid", scherzt er zurück.
Angelina wartet mit Cooper im vorderen Distrikt, überlässt Frank die Führung und beobachtet, wie er sich mit einem Polizeibeamten unterhält. Obwohl sie sich anstrengt, kann sie die Unterhaltung nicht

verstehen. Frank übergibt dem Beamten den Computer-Stick. Gleich darauf kommt er zurück. „Du hast Glück gehabt. Die Kommissare sind unterwegs. Sie melden sich nachher bei mir“, berichtet Frank.
Erleichtert atmet Angelina auf. „Okay, dann fahren wir dir jetzt einen Anzug kaufen und danach darfst du mich und Cooper zu einem Spaghettieis im DOLCE VITA einladen.“
Frank blödelt: „Zu Befehl, holde Maid. Dein Bodyguard ist allzeit bereit.“

…

Kapitel 16 – Ermittlung, Das Blatt wendet sich

Kommissar Louis Awolowo, Dienstag, 2. August 2018

Louis Awolowo stürmt mit Laptop unter dem Arm zu Normen Kröger ins Büro, legt den Laptop auf dem Schreibtisch ab und klappt ihn auf. „Du glaubst nicht, was unser Computerfreak in Oma Magdas Computer gefunden hat!"
„Das ging ja flott", antwortet Kröger.
„Das Passwort war simpel. Schau, da ist Bildmaterial einer Überwachungskamera", zeigt Louis.
Kröger fasst sich vor die Stirn. „Mensch, wie konnten wir das übersehen. Uhrzeit zwanzig Uhr dreiundfünfzig. Passt wie die Faust aufs Auge."
„Lass gut sein Normen, ohne den Computer hätten wir eh nichts in der Hand gehabt."
„Sei ehrlich, hast du an den ach so lieben Menschen gedacht?"

„Shit, nein“, schüttelt Louis den Kopf.
„Wir teilen uns auf. Du fährst mit Sabrina zu Oma Magdas Haus und suchst die versteckte Kamera. Ich besuche in der Zwischenzeit mal den Friseur“, entscheidet Kröger.
„Bin schon unterwegs, Chef“, antwortet er und flitzt los.
Auf dem Korridor trifft Louis Polizeianwärterin Sabrina. „Sabrina, wir brauchen Oma Magdas Hausschlüssel. Hol ihn bitte! Schnell! Ich warte im Auto auf dich“, kommandiert er.
Ohne ihre Antwort abzuwarten, sprintet Louis aus dem Gebäude zum Polizeiwagen. Mit laufendem Motor beobachtet er den Eingang. Als Louis Sabrina sieht und sie ins Auto hüpft, gibt er schon Gas. „Aktion! Wo geht´s hin?“, fragt Sabrina begeistert und versucht, während der Fahrt den Sicherheitsgurt zu befestigen.
„Zu Oma Magdas Haus. Wir müssen nach einer klitzekleinen Überwachungskamera suchen, irgendwo an der Haustür, die wir übersehen haben.“
„Ui, wie kann denn sowas passieren?“
„Kein Mensch ist fehlerfrei“, antwortet Louis.

„Warum fahren wir mit dem Polizeiwagen und nicht mit Kommissar Krögers Privatauto?“, fragt Sabrina.
„Weil Kröger den Wagen selber braucht, oder möchtest du lieber mit mir auf meinem Motorrad fahren?“
„Klar! Ich fahre doch selber Motorrad, Motorcross“, erzählt Sabrina stolz.

Während Louis die Blumeninsel umrundet, sieht er Frau Guericke, die einem Kunden, der das Geschäft mit vollen Taschen verlässt, die Ladentür aufhält und verabschiedet. Ihm entgeht nicht ihr versteinertes Gesicht, als sie ihn im Polizeiwagen erkennt.
Hitzig schließt Frau Guericke die Ladentür ab und hängt das Schild „GEÖFFNET“ in „GESCHLOSSEN“ um. „Da hat aber eine ein schlechtes Gewissen“, meint Sabrina trocken.
Louis stoppt den Polizeiwagen vorm Haus. „Egal, wir haben eine andere Mission zu erledigen.“
Sie steigen aus dem Auto und gehen auf den Hauseingang zu. „Hier, ich habe es schon gefunden“, sagt Sabrina und zeigt auf die

langstielige, getöpferte Sonnenblume, die neben der Klingel an der Hauswand befestigt ist.
Louis tastet die Sonnenblume ab. „Das ist clever, die Minikamera fällt in den vielen braunen Punkten gar nicht auf. Sie sendet das Bild von dem Besucher direkt auf Oma Magdas Computer."
Sabrina holt ihr Handy aus der Jackentasche und knipst Fotos. „Das heißt, der Besucher wusste nichts davon. Oma Magda kannte ihn und öffnete ihm die Tür."
„Richtig, Sabrina. Ich gehe aber davon aus, dass der Computer schon vorher von Constanze Tessin entwendet wurde, die vor dem Mörder bei ihr war. So, zack, zack, hurry up, jetzt fahren wir zum Friseur", spornt Louis seine junge Kollegin an.
„Wieso zum Friseur?", fragt Sabrina verwundert.
„Wir treffen dort auf Kollege Kröger. Er möchte sich die Haare färben lassen."
Amüsiert fängt Louis Sabrinas sprachlosen Blick auf.

Louis blickt durch die Fensterscheibe des Friseurladens und sieht Kommissar Kröger, wie der sich mit John Smith vorm Ladentresen unterhält.

Eine schlanke Frau mit mittelblond, hochgestecktem Haar steht neben Smith. Anscheinend scheint kein weiterer Kunde im Geschäft zu sein. Er klopft an die Scheibe. Die Drei gehen zur Tür und kommen raus. John Smith verschließt die Ladentür. Mit leiser Stimme wendet er sich an die Frau: „Ich übergebe dir den Schlüssel. Bitte, Katrin, führe das Geschäft mit deinem Knowhow weiter und unterstütze Angelina bei der Abschlussprüfung."
Die Frau küsst ihn auf den Mund. „Auf Wiedersehen, John", verabschiedet sie sich und geht mit gesenktem Kopf davon.

Sabrina und Louis stehen an der Scheibe im Nebenraum. Zusammen verfolgen sie die Vernehmung aus dem Verhörraum. Normen Kröger betätigt den Knopf des Aufnahmegerätes und beginnt. „Herr Smith, von einer Überwachungskamera wurde aufgezeichnet, dass Sie am Freitag, den dritten August 2018, exakt um zwanzig Uhr dreiundfünfzig, Frau Furchners Haus betraten. Warum waren Sie dort?"

John Smith wirkt gefasst. Er antwortet überlegt: „Ich bin in guter Absicht zu Frau Furchner gefahren. Ich wollte die alte Dame überzeugen und ihr ins Gewissen reden, dass Angelina unbedingt die Berufsausbildung abschließen muss. Dass sie Angelina mit dem Hundequatsch unterstützte, ist eine Sache, aber dem Kind die Zukunft zu verbauen, das konnte ich nicht gutheißen."
„Angelina ist Einundzwanzig Jahre jung. Sie ist kein Kind mehr und kann selbst entscheiden", belehrt Kommissar Kröger.
„Herr Kröger, was würden Sie tun, wenn Sie eine Tochter hätten, die eine Woche vor der Abschlussprüfung, alles hinschmeißen will?"
„Was ich tun würde, steht nicht zur Debatte, Herr Smith. Wie meinen Sie das mit Tochter?"
John Smith schweigt. Kommissar Kröger auch. Minutenlang schauen sich die Beiden in die Augen. Louis stupst Sabrina an. „Kröger hat in Smith Wunde gestochen. Beobachte ihn, er spiegelt seinen gegenüber. Und merk dir, wer fragt, der führt."
Gespannt passt Louis weiter auf und schreibt blind Notizen ins I-Pad. Ihm kommt die Zeit ewig lang vor. Dann endlich äußert sich John Smith: „Herr

Kröger, kann ich Ihnen etwas anvertrauen, das nicht ins Protokoll kommt?“
„Das kann ich Ihnen nicht versprechen“, antwortet Kommissar Kröger ehrlich.
John Smith legt erneut eine Pause ein. Erst streicht er sich mit der Hand durch das braune, dichte Haar, dann schaut er sich im Raum um. Anscheinend dauert das Kommissar Kröger zu lange. „Herr Smith, möchten Sie Herrn Anwalt Hommel zum Verhör hinzuziehen?“
„Nein, nicht Herrn Hommel. Wir beide sind uns nicht so sympathisch.“
Kommissar Kröger tut überrascht. „Ach nicht?“
„Herr Hommel ist zwar meiner Meinung, dass Angelina genug Auszeit nach dem Schulabschluss hatte und endlich ihre Ausbildung beenden sollte, aber das ist auch schon alles“, erklärt John Smith.
„Erzählen Sie mir bitte, was bei Frau Furchner vorgefallen ist“, fordert Kommissar Kröger ihn auf.
Überraschend antwortet John Smith gleich: „Mir viel auf, dass Frau Furchner torkelte. Ich half ihr, sich in den Sessel zu setzen. Zuerst unterhielten wir uns über alles Mögliche. Ich wollte nicht mit der Tür ins Haus fallen. Ganz behutsam versuchte ich sie zu überzeugen, was für Angelina am besten ist.“

„Herr Smith, machen Sie mir doch nichts vor! Wie konnte sich Frau Furchner mit Ihnen über Belanglosigkeiten unterhalten, wenn es ihr schlecht ging? Warum riefen Sie keinen Krankenwagen?“
Nun verliert John Smith die Fassung. „Sie können das nicht verstehen!“
„Was kann ich nicht verstehen?“, hakt Kommissar Kröger nach.
„Meine schlimmste Befürchtung traf ein. Alles was ich mir in den Jahren hart erarbeitet habe, ist futsch. Frau Furchner klatschte mir an den Kopf, dass sie bereits das Haus, inklusive Geschäft, Angelina überschrieben hätte und dass Angelina damit machen könnte, was sie will. Unbewusst habe ich Rot gesehen. Ich, … ich weiß nicht, was in mir vorging.“
„Sie erstickten die alte Dame mit einem Kissen“, stellt Kommissar Kröger den Beschuldigten vor vollendete Tatsache.
„Ja“, antwortet John Smith kaum hörbar.
Kommissar Kröger stellt das Aufnahmegerät aus. „Herr Smith, die Aufnahme ist ausgestellt. Was wollten Sie mir vorhin anvertrauen?“
John Smith sammelt sich. „Angelina ist meine leibliche Tochter.“

Kommissar Kröger nickt. „Das habe ich mir gedacht."

Normen Kröger, Louis und Sabrina treffen sich im Büro. Kollege Ulli kommt hinzu. „Hallo Kollegen, Herr Frank Dittmer brachte vorhin einen Computer-Stick, den ich euch nur persönlich übergeben darf. Frau Hommel hat ihn gefunden."
Louis nimmt den Computer-Stick entgegen. „Danke Ulli."
Umgehend steckt Louis den Stick in den PC und öffnet alle Dateien. Als erstes scrollt er die Kundenliste runter und speichert die Namen in seinem Gedächtnis. „Wow", ist alles was er dazu sagt.
Hastig sucht er auf seinem Schreibtisch nach der Personalliste, die sie von Xenia Brandtner bekamen. „Normen, ich erinnere mich, dass du mir gestern Abend den Namen Thijs genannt hast. Schau hier, auf der Personalliste, da steht der Name Thijs van Nobelius, Berufsbezeichnung Architekt. In der Kundendatei taucht der Name ebenfalls auf."
„Okay, Kollegen, Ulli und ich forsten die Dateien durch und du Louis, triffst dich mit Angelina

Hommel. Mit deinem Einfühlungsvermögen kannst du ihr die Geschehnisse am besten beibringen“, meint Kröger.
Louis stimmt zu. „Es wird ein Schock für Angelina sein, zu erfahren, dass ihr Onkel in Wirklichkeit ihr Vater ist und zudem auch noch Oma Magda getötet hat. Wahrscheinlich wird sie sich die Schuld geben.“
„Mir tut Angelina echt leid. Darf ich mitkommen?“, fragt Sabrina.
„Nein, ich möchte das mit ihr alleine besprechen“, antwortet Louis und schnappt sich seinen Motorradhelm. „Ich weiß auch schon wie und wo.“

…

Kapitel 17 – Bittere Wahrheit

Angelina, Dienstagnachmittag

Frank und Angelina sitzen im Eis-Café DOLCE VITA bei Cappuccino und Spaghettieis. Angelina löffelt zufrieden die restliche Erdbeersoße vom Teller. Unauffällig betrachtet sie Frank. ‚Er sieht richtig cool aus mit den neuen Klamotten und der Sonnenbrille. Dass ich ihn überzeugen konnte, die Kleidung zu kaufen, grenzt an ein Wunder', denkt sie und schmunzelt.
„Warum grinst du? Habe ich aufs Sweatshirt gekleckert?", fragt Frank irritiert und schaut an sich herab.
„Nö, ich könnte noch ein Eis verputzen. Zur Abwechslung mal mit Schokolade."
Spontan winkt Frank die Bedienung heran. „Meine Freundin möchte noch ein Gelato agli spaghetti con sugo al cioccolato."
„Arrivo subito", antwortet die zierliche Frau.
Absichtlich ignoriert Angelina das Wort Freundin. „Hey, du kannst ja Italienisch, … das war doch nur

Spaß. In meinem Bauch passt gar kein Eis mehr rein."
Die hübsche Italienerin bringt das Eis. „Per favore, Signorina."
„Grazie", antwortet Angelina und schiebt den Eisteller in die Mitte des runden Tisches. „Komm, wir teilen. Aber die Waffel bekommt Cooper."
Flink lässt sie die Waffel für den Hund unter den Tisch fallen.
Frank nascht vom Eis und schließt die Augen. „Die Schokosoße ist so lecker. Ich gebe zu, ich liebe Schokolade."
Angelina probiert ebenfalls. „Mm, … weißt du, ich fühle mich irgendwie vertraut mit dir und Cooper. Vor ein paar Tagen hätte ich es mir im Leben nicht vorstellen können, mit dir ein Eis zu teilen."
„Danke", antwortet Frank geschmeichelt.
Franks Telefon klingelt. „Hallo", meldet er sich. „Ja, Angelina ist bei mir, wir sind im Eis-Café Dolce Vita. Ja, verstehe, okay, bis gleich", beendet Frank das Telefonat.
„Wer war das?", fragt Angelina neugierig.
„Das war Kommissar Awolowo. Er will mit dir einen Ausflug unternehmen. Dann scheint er ja doch nicht knatschig auf dich zu sein."

Angelina legt die Hand auf den Bauch. „Anscheinend nicht, … trotzdem, irgendwie habe ich ein komisches Gefühl."
„Ach was, das liegt an den zwei Eisportionen", begründet Frank ihre Zweifel. „Falls der Kommissar dich ärgern sollte, rufst du mich einfach an und dein Bodyguard rettet dich."
„Hallo", hört Angelina hinter sich Kommissar Awolowos vertraute Stimme.
Sie dreht sich zu ihm um. „Hey."
„Angelina, möchten Sie mit mir eine Motorradtour zum Gutshof unternehmen? Ich habe frei und dachte mir …"
„Einfach so? Wo ist der Haken?", fragt Angelina ahnungsvoll.
„Sie haben mich durchschaut. Ich muss etwas mit Ihnen besprechen."
Hilfesuchend schaut Angelina zu Frank. „Da ist es wieder, mein komisches Bauchgefühl. Es kam nicht von den zwei Eisportionen."
„Bitte, Angelina. Es ist wirklich sehr wichtig", versucht Kommissar Awolowo sie zu überzeugen.
„Aber ich möchte Frank hier nicht einfach sitzen lassen", zögert Angelina.

„Ach, mach dir nichts draus. Cooper ist doch bei mir“, lenkt Frank mit einer Handbewegung ab.
„Irgendwie komme ich mir überrumpelt vor“, zögert sie dennoch.
Kommissar Awolowo versucht einen Trumpf auszuspielen. „Kommen Sie, geben Sie sich einen Ruck. Denken Sie an die Esel und an Herbert.“
„Na, gut“, gibt sich Angelina geschlagen und erhebt sich vom Platz. „Tschüss Frank. Danke für das Eis.“
„Tschüss, viel Spaß. Ich bleib noch ein bisschen. Die fesche Italienerin gefällt mir“, witzelt er.

Kommissar Awolowo und Angelina brausen mit dem Motorrad die Landstraße entlang. ‚Ich spüre dieses Mal keine Leichtigkeit, keine Freude, kein Gefühl von Freiheit. Wo ist das hin?‘, grübelt Angelina. ‚Ich bin erschöpft, ich bin müde, ich will nicht mehr traurig sein, ich will nicht mehr verwirrt sein und ich will nicht mehr enttäuscht werden‘, schimpft sie im Stillen.
Kommissar Awolowo setzt den Blinker, biegt in einen Feldweg ein, hält an, stellt den Motor aus und

setzt den Helm ab. „Warum halten wir? Ist was mit dem Motorrad?“, fragt Angelina erschrocken.
Er dreht seinen Oberkörper seitlich und schaut über die Schulter. „Nein, mit dem Motorrad ist alles in Ordnung. Ich mache mir eher Sorgen um Sie. Sie hocken wie ein Häufchen Elend hinter mir.“
‚Mein Gott, hat der feine Antennen‘, denkt Angelina.
„Wollen wir ein Stück spazieren gehen?“, schlägt Kommissar Awolowo vor.
Angelina nickt, hüpft vom Sozius, nimmt den Helm ab und guckt zu, wie er die Maschine aufbockt. Aufmerksam schaut sie sich die Gegend an. Spaziergänger sind weit und breit nicht zu sehen. Nur ein paar Feldvögel, die sich ihr Futter vom Ackerboden picken. Auf der gegenüberliegenden Seite leuchtet ein Sonnenblumenfeld. Die großen, braunen Blütenköpfe mit ihren gelben Blättern strecken sich der Sonne entgegen. Kurzweg stapft Kommissar Awolowo ins Feld. „Nicht weglaufen, ich bin gleich wieder da!“, ruft er ihr zu.
Angelina wartet bis ihr Begleiter zurückkommt. In der Hand trägt er eine langstielige Sonnenblume. „Die ist für Sie.“

„Danke“, sagt Angelina gerührt und nimmt die Blume an.
Ganz nah steht Kommissar Awolowo vor ihr, senkt seinen Kopf und schaut ihr direkt in die Augen. „Vertrauen Sie mir?“
„Ja“, haucht Angelina und lässt es geschehen, dass er ihre Hand in seine nimmt.
„Auch wenn es jetzt unromantisch ist, muss ich mit Ihnen reden“, sagt Kommissar Awolowo.
Angelina hält seinem Blick stand. „Ich weiß, darum sind wir ja eigentlich hier, oder?“
„Yes, … ich rede nicht gerne über mich, aber ich möchte Ihnen dennoch von mir und meiner Familie erzählen. Wollen Sie es hören?“
„Ja, natürlich“, antwortet Angelina aufrichtig.
Kommissar Awolowo beginnt. „Meine Eltern lernten sich im Polizeirevier kennen. Sie mussten gemeinsam einen Fall lösen. Mama ist Dolmetscherin und mein Vater war Polizist. Einunddreißig Jahre führten sie eine harmonische Beziehung, bis das Schicksal sie traf. Vor drei Jahren, bei einer Razzia in der Disco, erschoss ein Zuhälter meinen Vater, während der Festnahme. Ich war dabei. Vielleicht können Sie sich vorstellen,

wieviel Hass in mir war, auch auf mich, weil ich es nicht verhindern konnte."
„Das ist ja schrecklich, tut mir wirklich leid", haucht Angelina ergriffen.
„Was ich Ihnen sagen muss, Angelina, fällt mir sehr schwer. Darum wollte ich mit Ihnen zum Gutshof fahren, in der Hoffnung, dass Herbert von Ernstling sich um Sie kümmern kann."
„Wahrscheinlich gibt's kein Erbarmen für mich, also schießen Sie los. Ich werde es verkraften müssen."
„Ihr Onkel John, er hat den Mord an Oma Magda gestanden."
„Waaaaas! Das kann nicht sein! Das glaub ich nicht!", schreit Angelina geschockt.
„Doch, leider ist es die Wahrheit."
Der Schock steht ihr ins Gesicht geschrieben. „Warum, … warum nur?"
„Weil ihr Onkel seinen Willen durchsetzen wollte, dass Sie den Friseursalon mit ihm gemeinsam führen und Oma Magda nicht überreden konnte, seinen Egoismus zu teilen", erklärt Kommissar Awolowo.
„Ach du scheiße, … was passiert jetzt mit ihm?", fragt Angelina traurig.

„Ihr Onkel wird von der Staatsanwaltschaft wegen Mordes angeklagt. Ob es Mord im Affekt war, wird ein Untersuchungsrichter nach Abschluss aller Fakten entscheiden."
„Ich, … ich, … ich schäme mich so, nur an mich gedacht zu haben", stammelt Angelina, lässt die Sonnenblume fallen und reißt die Hände vors Gesicht.
Dann spürt sie Kommissar Awolowos Körper und seine starken Arme, die sie festhalten. Ihre Beine sind wie Wackelpudding. Angelina ahnt, dass von ihm noch nicht alles ausgesprochen ist. Schwach vernimmt sie sein Flüstern: „Ich weiß, das ist ein doofer Spruch, aber the time heals all wounds. Was bleibt, are memories."
Trotzig tritt Angelina zurück. „Ich will Onkel John nie, nie wiedersehn! In meinem ganzen Leben nicht!"
„Mir steht es nicht zu, Ihnen einen Rat zu geben, aber schlafen Sie ein paar Nächte drüber und entscheiden dann von Neuem", sagt Kommissar Awolowo im ruhigen Ton.
„Wollen Sie mir weiß machen, in ein paar Tagen sieht die Welt rosarot aus?"
„Nein, auf keinen Fall. Aber …", stockt er.

„Aber was?“, fällt sie ihm ins Wort.
„Manche Kinder haben sogar zwei Väter, die sich um sie kümmern und sorgen.“
Angelina neigt den Kopf zur Seite. „Wenn Sie damit meinen, dass Onkel John mein leiblicher Vater ist, Mama beichtete es mir, bevor sie starb. Für immer sollte das unser Geheimnis bleiben.“
„Ihr Vater, Roland Hommel, ist im Unklaren, nehme ich an.“
„Ja und ich werde schweigen“, antwortet Angelina entschieden.
Kommissar Awolowo bückt sich und hebt die Sonnenblume auf. „Angelina, vielleicht ist jetzt nicht der richtige Zeitpunkt, … kommendes Wochenende habe ich frei und möchte Sie gerne zu mir nach Hause einladen.“
Verdattert schaut sie drein.
„Meine Mama kocht das beste Chili aller Zeiten und möchte Sie gerne kennenlernen“, versucht er das unverhoffte Date zu erklären.
„Das heißt, Sie haben Ihrer Mama von mir erzählt?“, staunt Angelina.
Kommissar Awolowo lächelt. „Yes.“
„Ich nehme gerne Ihre Einladung an, Herr Kommissar.“

Still spazieren sie den Weg weiter. ‚Wie geht es weiter? Was soll ich nur tun?‘, überlegt Angelina.
„Angelina, was möchten Sie als nächstes tun?“, beendet Kommissar Awolowo das Schweigen.
„Darüber denke ich die ganze Zeit nach. Können Sie meine Gedanken lesen?“
„Ich versuch‘s“, gibt er zu.
„Pläne schmieden, ist nicht meine Stärke. Ich denke, als erstes hole ich Pinsel aus Onkel Johns Haus und als zweites räume ich die Bude auf. Danach frage ich meine Freundin Bibi. In Pläne schmieden ist die nämlich supergut.“
„Ich helfe Ihnen, versprochen.“
Plötzlich klingelt Kommissar Awolowos Telefon.
„Sorry, ich muss rangehen, ist dienstlich“, entschuldigt er sich.
Verstehen kann Angelina nichts. Nur an seinem Gesichtsausdruck erkennt sie, dass etwas Schlimmes passiert sein muss. „Ja, ich bin unterwegs. Gib mir zwanzig Minuten“, hört sie ihn sagen und das Gespräch beenden.
„Angelina, es tut mir leid, wir müssen uns beeilen. Ich muss mit meinen Kollegen einen neuen Mord aufklären.“

Nebeneinander, stehen Bianca, Selim, Frank und Angelina auf dem Balkon, die Arme verschränkt, auf der Balkonbrüstung abgestützt, jeder mit einer Flasche Bier in der Hand und blicken gen Himmel voller leuchtender Sterne.
„Ich danke euch, dass ihr mir geholfen habt, das Chaos hier zu beseitigen und für mich da seid", sagt Angelina.
„Hey, wozu hat man Freunde", antwortet Bianca.
„In guten, wie in schlechten Zeiten", meint Selim.
„Gehöre ich ab jetzt auch in euren Freundeskreis?", fragt Frank gehemmt.
Zärtlich boxt Angelina ihn auf den Oberarm. „Ich denke schon, was meint ihr?"
„Logisch", stimmen Bianca und Selim zu.
„Schau mal, Angel, da oben, die beiden Sterne leuchten besonders hell", flüstert Frank und zeigt mit dem Finger auf die Sterne.
Angelina guckt in die Richtung, wohin er zeigt und lehnt den Kopf an seine Schulter. „Frank, denkst du auch das, was ich gerade denke?"
„Ich glaube ja, deine Mama und Oma Magda schauen auf uns herab. Siehst du? Sie winken uns zu."

„Ja, ich sehe sie“, haucht Angelina.
Leicht streicht der Wind über ihre Haut.

...

Kapitel 18 – Kalte Abreise

Kommissar Louis Awolowo, Dienstagabend

Louis Awolowo trifft in der Bad Salzdetfurther Altstadt ein. Sogleich sieht er die Absperrung am Hotel ZUM KRONPRINZEN und auf dem Hotelparkplatz den schwarzen Leichenwagen warten. Vorm Absperrband tummeln sich einige Menschen. Die neugierigen Blicke, ihr leises Tuscheln und das klicken der Handykameras ist für Louis nichts Besonderes. Er zückt seinen Dienstausweis und drängelt sich durch den Rummel. Der diensthabende Polizist hinter der Sperre erkennt ihn und hebt das Band. „Danke, wo finde ich Kollege Kröger?“, fragt Louis.
„Da drin“, antwortet der Polizist und zeigt auf das Gebäude.
Louis stapft die Treppe hinauf ins Obergeschoss und trifft im Gang auf die Mitarbeiter der Spurensicherung. Er schaut sich zu allen Seiten um, folgt seiner Spürnase und betritt das historische Zimmer mit den lichten Balken. „Hey, kann man schon etwas sagen?“, spricht Louis Normen Kröger

an, der in der Mitte des Raumes steht und dem Gerichtsmediziner, Doktor Spieker, auf die Finger schaut.
„Eine Mitarbeiterin des Hotels, hat die Frau gefunden, da lebte sie noch. Der Rettungsdienst konnte aber leider nichts mehr für sie tun. Die Mitarbeiterin ist noch total verwirrt. Der Hotelbesitzer, Michael Proebsting, kümmert sich um sie“, berichtet Kröger.
Neugierig versucht Louis Doktor Spieker, der knieend und mit gebeugtem Oberkörper die Leiche untersucht, über die Schulter zu schauen. „Einmal darfst du raten, wer unsere Tote mit einem Messer im Rücken ist, zweimal darfst du raten, wer das Zimmer reserviert hatte und dreimal darfst du raten, wer sich schleunigst aus dem Staub machte“, gibt Kröger zu rätseln.
Louis erkennt den schlanken Körper und das blondgefärbte Haar. „Ich mag keine dreimal darfst du raten Spiele. Das ist Constanze Tessin? Wie kommt die hierher?“
„Zu Fuß, nehme ich mal an. Herr Proebsting hat schon die Hotelreservierung rausgesucht. Die Reservierung erfolgte vom Sekretariat der Baufirma

Otto Brandtner für Herrn Architekt Thijs van Nobelius", antwortet Kröger.
„Ach, sie mal einer an", rümpft Louis die Nase.
Kröger krempelt die Hemdsärmel hoch. „Tja, … und der von ihnen gesuchte Computer-Stick liegt auf meinem Schreibtisch."
„Wie weit bist du denn mit der Ausarbeitung gekommen?", fragt Louis.
„Nicht weit, bleib ruhig, Louis. Die Fahndung nach Herrn van Nobelius läuft bereits. Weit kann er nicht gekommen sein", antwortet Kröger.
„Dann hätte ich mir mit Angelina ja auch mehr Zeit lassen können", lacht Louis.
Kumpelhaft klopft Normen Kröger ihm auf die Schulter. „Ich trinke mit Michael Proebsting erst mal ein gut gekühltes Bier an der Bar. Da plaudert es sich am besten. Ich lade dich auch ein."
„Du bist der Chef", grinst Louis, „ich nehme deine Einladung gerne an."

ENDE

…

Zwei Monate später

Die Uhr tickt weiter. Die Zeit bleibt nicht stehen. Es ist Herbst geworden und so viel ist passiert. Nichts wird vergessen sein, aber der Schmerz wird nachlassen. Zurück bleiben Erinnerungen.

Angelina träumt …
Sie ist ein Baum.
Die Baumwurzeln sind ihre Familie.
Die Äste und Blätter sind ihre Freunde.
Fröhlich wehen sie im Wind.
Ein Sturm zieht auf.
Es regnet in Strömen.
Angelinas Schreie verhallen im Wald.
Sie befürchtet zu ertrinken und kämpft gegen den Sturm an.
Ihre Freunde, die Blätter, helfen dabei.
Angelina kann nichts passieren.

SALZSTEIN-MORD

Milton Keynes UK
Ingram Content Group UK Ltd.
UKHW042141031224
452078UK00004B/364